freedom letters

Серия «Лёгкие»

№ 71

Елена Козлова

Цифры

Freedom Letters
Белград
2023

freedom letters

Издатель Георгий Урушадзе
Технический директор Владимир Харитонов
Художник Денис Батуев
Редактор Наталия Шубладзе
Корректор Злата Климас

Издательство благодарит за помощь Веру Копылову

Елена Козлова. Цифры. Белград: Freedom Letters, 2023. — Серия «Лёгкие»

ISBN 978-1-998265-21-3

Детство, взросление, молодость и зрелость современных сорокалетних, в основе образа жизни и мышления которых — культура и бескультурье бесконечного потребления.

Но однажды привычный надежный мир распадается на фрагменты. На обрывки воспоминаний, диалогов и фраз. На вещи и смыслы. На цифры и буквы. И в этом мире жизнь продолжается. Герои теряют и ищут любовь, воспитывают детей, разочаровываются и верят. Заполняют пустоты нелюбви.

Главная героиня сборника — типичная представительница своего времени. В анамнезе — московское детство, работа в медиа, околосветская жизнь и перспективная карьера. В настоящем — мать двоих детей в эпицентре семейного и финансового краха. На фоне личных и мировых событий она не теряет чувства юмора и живет по Станиславскому — в предлагаемых обстоятельствах, не забывая фиксировать, как переход страны на военные рельсы влияет на обычных людей. Тех, кто живет здесь и сейчас.

Выбираю комод. Какой лучше — с ручками или без? А если с зеркалом? А вот есть совсем простой. Всего два ящика… Какой комод, когда война… Военная операция.

Дочь надела пышную юбку и кружится в ней.

— Мама, я хочу танцевать, как большая!

Лезу в интернет, ищу, где танцуют нынче деточки. Набор с четырех лет. Значит, только летом. Наступит ли лето, когда война? Военная операция.

Кот путается под ногами — просит куриных желудков. А они не разморозились. Предлагаю сухой корм, но кот, пронюхавший про желудки, воротит усы. Можно ли коту желудки? Можно ли сегодня спросить в фейсбуке, можно ли коту желудки?

Сын решил вырастить зелень. Замачивает семена в воде.

— Мама, а правда, что война?
— Правда. Военная операция.
— А мы ведь не умрем?
— Не умрем.

Как говорить с детьми о войне? Как говорить о войне, когда война в твоей собственной семье? Военная операция.

В инструкции написано: «Ростки после посадки всходят через 3-5 дней». Будет ли мир прежним через три-пять дней, если с прошлого понедельника он уже стал другим? А может быть, мира и не стало. Он рассыпался на осколки. На прошлое и настоящее. Фрагменты воспоминаний и намерений. Предметы и вещи. Превратился в абсурд и хаос.

Инструктор по фитнесу Иван уверяет, что любая привычка формируется девяносто дней. Через девяносто дней в этом раздробленном мире мы с детьми искренне веселились на побережье холодного Балтийского моря.

1964

Покойная бабушка Нина любила озадачить.

— Лена, вам с Дмитрием надо поехать к Рите и забрать у нее старую плиту, — однажды объявила она по телефону.

Рита — бабушкина подруга. Как и бабушки Нины, ее давно нет в живых. Бабушка Нина называла ее командиршей. Дмитрий — мой муж. Теперь уже бывший.

— Почему бы ей просто не выбросить эту старую плиту? — я попыталась все же избежать бессмысленной поездки.

— Вам все лишь бы выбрасывать. Она совсем новая, — ответила бабушка Нина.

— И куда ее забирать? — вздохнула я.

— Как куда, к нам на дачу!

На даче и так скопилось много старья. Когда я спрашивала у бабушки Нины, зачем нам весь это хлам, она отвечала:

— Мы им живем.

Бабушке Нине был свойственен солипсизм.

Поехали. Дверь открыла командирша Рита. Выглядела она взволнованно. Даже бигуди забыла снять перед нашим приходом. Они кольцевались под хлопковой косынкой в блеклых розах. Пожаловалась, что ей наконец-то привезли новую газовую плиту, от собеса, завтра придут устанавливать и она вся на нервах, вся. А, главное, старая-то такая славная, кормилица ее, работает исправно и еще тридцать лет работать будет.

Старая плита обреченно ждала демонтажа. При первом взгляде не нее стало понятно, что дело хуже, чем мы предполагали. «Кормилица» была покрыта слоем несмываемого жира. Когда плиту с трудом и треском удалось отодрать от стены и линолеума, из нее посыпалась гречка и нечто напоминающее мышиный помет. Сзади обнаружилась ржавая гравировка с датой выпуска: 1964.

— Старше меня, — заметил бывший муж Дмитрий.

Да, надо было отказаться от операции вывоза чертовой плиты сразу. На худой конец, при понимании ее веса и габаритов. Но командирша Рита смотрела на нас такими кроткими семитскими глазами, а нервы ее, казалось, звенели на всю квартиру, что мы не решились бросить эту сволочь посреди кухни. Выволокли в коридор, где бывшая хозяйка на прощанье провела по ней теплой ладонью. В лифт плита не влезла.

Да, надо было бросить плиту прямо там, на лестничной площадке. Но мы не бросили.

Бывший муж Дмитрий взвалил агрегат на хребет и понес вниз. Я брезгливо придерживала плиту сзади за жирные края с налипшей пылью.

— Вот сука, — прокряхтел он через три пролета.

— Дима, не надорвись, — беспокоилась я.

Кое-как, сквозь жернова входных дверей мы вытащили плиту на улицу. Разумеется, в багажник машины она тоже не уместилась.

Бывший муж Дмитрий предложил просто донести ее до помойки. Но с балкона четвертого этажа свесилась голова в бигудях и заорала:

— Ну, чего? Не лезет?

Мы не решились столь варварски поступать с плитой на глазах у командирши Риты.

Сели в машину и закурили. Я решила сделать то, что обычно делаю в подобных случаях — спихнуть с себя ответственность. Набрала брату Вове и попросила срочно приехать и что-нибудь сделать. Брат Вова тогда был еще не женат и обещал подскочить минут через двадцать.

Плита понуро стояла у подъезда. На улице она казалась совсем безнадежной. Нашу старушку окружила компания школьников и стала над ней глумиться.

— О, я знаю, что подарю своей бабушке на день рождения! — пошутил один из подростков.

Из дверей показались полная дама с пожилым спутником в плотной кожаной куртке, кепи и джинсах со стрелками.

— Ваня, смотри, плита какая хорошая. Ее на дачу бы...

— Это наша, — предупредила я в окно.

Пара с сомнением взглянула на черный блестящий, как бок черешенки, BMW, в которой мы дымили, и не спеша продолжила путь.

Брат Вова, как обычно, заблудился — не мог найти нужный дом и подъезд, крутился где-то в квартале, злился, и плита в его вокабуляре обрастала все более нецензурными эпитетами. Мы поехали спасать брата Вову из лабиринта многоэтажек, а когда вернулись, «кормилицы» уж и след простыл. Проследив за кучками гречки на асфальте, я увидела, что ее тащат в неизвестном направлении два дворника. Догонять их не стали.

Бабушка Нина дулась неделю.

68

Когда я сильно устаю, то заболеваю странным недугом и попадаю в больницу. Врач обычно говорит:

— В принципе, я вас, Елена, могу отпустить домой. Полежите там, таблеточки попьете…

— У меня дома, доктор, двое маленьких детей, — признаюсь я.

Врач тут же шлепает себя пятерней по лицу и сдается:

— Понял. У меня тоже двое… Лежите лучше у нас. Мы вам капельницы поставим. С магнезией. И витаминами группы В.

И я лежу.

В больнице отлично спится, легко думается и от тебя никто ничего не требует. В таких местах я испытываю прецессионный катарсис. Прошлое становится неважным и перестает вызывать рефлексии, будущее не волнует, время течет не стремительно, а то и вовсе исчезает. Шум в голове стихает, мысли становятся просто мыслями, действий почти нет. Нет новостей, лишних вещей и ложных эмоций. Кровать, окно, стена, дверь, тумбочка, чашка, ложка, вода. Унылая обстановка не раздражает и напоминает, что перед болезнью и смертью все равны. Еда — диетическая, отношение — приветливое. Больные, правда, разные попадаются.

Взять, к примеру, больных бабу Надю и бабу Люду. Баба Надя выискивала у себя диковинные хвори и огорошивала врачей новыми симптомами, стоило им зайти в палату. То сердце стучит, сейчас выпрыгнет, то затылок ломит, то мурашки по ней бегают, то ноги немеют, то отрыжка будто яиц поела, а она их не ела, то пальцы на руках сводит, то моча какая-то мутная, то суставы крутит, то живот пучит. Каждый раз она подробно описывала анамнез и где и от чего лечилась, «да все без толку». Врачи стали обходить нашу палату стороной. Баба Надя не обиделась и стала вещать в меня. Пришлось бегать курить на лестницу, пусть для моего статуса больной это было не комильфо.

Бабу Люду привезли из реанимации, где еле откачали, сгрузили на кровать и велели писать в памперс. Баба Люда лежала молча, видимо, переживая свой трансцендентный опыт.

Медсестра привезла капельницы, к которым подключила нас с бабой Надей. Мне — с магнезией. Бабе Наде полагался физраствор. Для профилактики. Обещала вернуться через полчасика — «померить температурку».

Баба Надя, обнаружив, что теперь я точно никуда не сбегу, принялась рассказывать про своего мужа Георгия, очень хорошего человека, с которым они намедни купили новый уголок на кухню, бежевый такой, с отливом. А муж-то рукастый, весь ремонт в доме сам сделал, даже плитку новую положил, только за установку окон пришлось заплатить. Но в ценах не разбирается, на овощи тоже. Поэтому овощи баба Надя покупает сама. Лучок, картошечку можно и в «Магните» взять. А вот за зеленью лучше на рынок. Такой рынок открыли возле дома замечательный — все есть, и говядина хорошая на кости, цены, правда, бешеные. Раньше-то говядину с завода брали, там сын работал, но потом запил и уволили его. Но это ничего, молодой просто, дурак. Вон у соседки сын — тот вообще наркоман. Но женился хотя бы, девчонку хорошую себе взял, готовит ему, а он ее на работу на машине возит. А побаловать-то себя хочется. Фрукты на рынке изумительные. Сырок тоже неплохой костромской и колбаски можно купить. Немного, граммов двести. А муж Георгий сало любит. Они у фермеров берут. Зато огурцы с помидорами свои. На даче выращивают, у них и парник есть. А тыкву с кабачками можно и так, была бы погода. Тыкву, правда, никто у них не ест, но баба Надя соседке отдает. А та ей смородину отсыпает. Баба Надя ее с сахаром проворачивает и со сметаной ест. Хотя сметана жирная, бабе Наде ее нельзя — панкреатит. Да и сахар не рекомендовали — и так повышенный. Она прибор специальный купила — сахар измерять. Ездила за ним в аптеку на автобусе, так нога заболела, еле добралась.

Когда повествование бабы Нади дошло до эпизода, как они с мужем Георгием везли несколько ящиков помидоров с дачи и не смогли подняться на машине в гору, такие те были тяжелые, в глазах моих потемнело и к горлу подступила тошнота.

— Кажется, я сейчас сблюю, — прервала я бабу Надю.

Баба Надя бросилась было за сестрой. Но вспомнила, что под капельницей.

—Людк, — ты чего лежишь, — гаркнула она в сторону безмолвной бабы Люды, накрытой больничной простыней с голубым штампиком с номером больницы «шестьдесят восемь».

— Чего, не видишь, ее сейчас стошнит? Беги за сестрой!

Баба Люда бодро вскочила после комы своей диабетической и рванула в коридор.

—Людк! Ты куда? Ты же без трусов!

Баба Люда вспомнила про памперс, одумалась и снова молча легла, накинув на себя простыню. Я подумала, что она похожа на заснеженную горную вершину.

Так и лежали.

Сообщение о частичной мобилизации вызвало панику не столько среди военнообязанных мужчин, сколько среди женщин. Местные активистки, которые еще вчера занимались закупкой детских комбинезонов и реплик нью-балансов, мгновенно переключились на военное снаряжение.

За пару дней, пока военнообязанные сражались с внутренними императивами, выбирали между совестью и разумом, да и просто пытались понять, что происходит, эти славные минервы изучили устройство бронежилетов и тепловизоров. На третий день на рынке «Садовод» были сметены все рюкзаки с милитари-принтом, которые остались после нашествия более расторопных оптовиков.

Отчеты о потраченных деньгах и фото покупок выкладывались в стихийную группу в телеграме.

— Что за говно вы купили, — оценил рюкзаки какой-то бывший афганец, — Это же Китай! У них лямки оторвутся!

Женщины расстроились, но взяли себя в руки и решили докупить еще иголки с нитками. Оторвалась у рюкзака лямочка — а солдат ее раз и пришьет. Да и в целом, полезная вещь. Полезнее разве что бронежилет. На последние, впрочем, взвинтили цены. В чате заплясала картинка с частушкой: «Собирала меня мать на мобилизацию. Взяла броник в ипотеку и в рассрочку рацию».

Дама спросила: «Подскажите, пожалуйста, кто в теме: брат обнаружил повестку в почтовом ящике. Лично не расписывался о получении. Как действовать?»

— По совести, — ответили даме.

Один мужчина хотел было продать в группе охотничий костюм «54 размера цвета хаки, б/у один раз», но был немедленно посрамлен закупщицами. Продать он решил! Когда на фронте такой костюм, 54 размера цвета хаки, пусть и б/у, очень бы пригодился. Вот пусть отдает теперь. Совесть надо иметь.

Мужчина подумал и отдал. Написал: «Все для фронта, все для победы».

4,5

Рядом с нашим домом был магазин «Универсам» — здание с плоской серой крышей и стеклянным корпусом. Неловкая попытка воссоздать супермаркет в советском сеттинге. Первый «Универсам» открылся в Ленинграде в начале семидесятых. В Москве они стали появляться чуть позже преимущественно в спальных районах, в одном из которых прошла часть моего детства.

«Универсам» занимал меня. Он был важной точкой на унылой картографии «спальника», напоминающей поле для игры в морской бой. Вечером вывеска зажигалась размашистым белым. Внутри над пирамидами из консервов и здоровенных банок мутного сока висели таблички-подсказки: «рыба», «мясо», «птица» и загадочная «бакалея». Плитка на полу была пестрой, с вкраплением розовых и желтых песчинок и напоминала бесконечную блевотину.

В «Универсаме» я впервые услышала слово «минтай». Минтай покупался для кошки. Продавщицы в меховых шапках переставляли гирьки на голубых железных весах и считали пальцами, перетянутыми широкими кольцами, на деревянных счетах. Эти незатейливые действия казались мне магией. Потом я узнала о существовании brain orgasm — ощущении эйфории и расслабления от наблюдения за повторяющими движениями. Возможно, смотря на гирьки и счеты, я испытывала именно его.

Бабушка Нина рассказывала, что после смерти люди попадают в рай или ад, в зависимости о того, насколько праведно жили. В моем воображении у райских и адских врат стояли универсамовские продавщицы и, почесывая лбы под колючими шапками, взвешивали человеческие грехи на весах. Человечину. Но весы всегда немного врали. Бабушка Нина утверждала, что их «подкручивают».

На новый год залы украшали дождиком и гирляндами из бумажных клоунов и тигрят. Особенно мне нравились с брюшками из гофрированной бумаги — развернешь такого, и он из плоского становится объемным.

Однажды из «Универсама» пропали продукты. Исчезли рыба, птица, мясо и бакалея. Кошка разевала пасть в немом мяу — просила минтай. Бабушка Нина предлагала ей консервированный лосось. Сок еще какое-то время пыжился, а потом полки совсем опустели. На одной я нашла синие цифры, 4 и 5, которые засовывали в сыр, и спрятала в карман красного клетчатого пальто. Сырные цифры мне нравились, и я их собирала. А сыр бабушка Нина стала делать сама.

300

Мыть полы в больничной палате приходила уборщица Таня. Она любила поболтать. Рассказывала, что раньше у нее был свой салон красоты, девчонки приходили ногти делать.

— Я тогда одну вещь поняла, — делилась опытом уборщица Таня. — Чем проще женщина, тем сложнее маникюр.

Уборщица Таня ездила на хорошей дорогой машине, а потом попала в аварию. Долго восстанавливалась, салон пришлось закрыть. Машина — вдребезги.

— Хотела новую купить, но у меня рак груди нашли. Отняли грудь. Работаю теперь в больнице и консьержкой еще устроилась. А ногти дома пилю. На новую грудь коплю. Операция триста тысяч стоит. Муж говорит: «Зачем? Я тебя и такой люблю». А я себя ненавижу. Вату в лифчик пока подкладываю. К такому нельзя привыкнуть. Хочешь посмотреть? — спросила она.

— Покажи, — согласилась я.

Уборщица Таня сняла синий рабочий халат, задрала футболку и нарядное бордовое бра с изящными кружевами. В каталогах белья такие называют «фантазийными». Из одной чашки торчала вата, обернутая марлей.

Вместо левой груди — длинный красно-синий росчерк.

Я заплакала.

24

24 февраля я перестала начинать письма и сообщения с «Добрый день». А потом снова начала.

28, 31

Бабушка Нина делала сама не только сыр, который по вкусу напоминал все, что угодно, только не сыр. Она экспериментировала с маслом и сгущенным молоком, ряженкой и простоквашей, домашним паштетом и антоновкой, которая заполняла собой все существующие на даче тазы, ведра и ящики. Вместе с подругами бабушка Нина находилась в маниакальном поиске рецептов, как из одного говна приготовить другое. Рецепты передавались из уст в уста часто по телефону, не минуя некоторых кривотолков. Бабушка Нина, почуяв очередную гастрономическую находку, прикладывала ладонь к трубке и кричала:

— Сделали тишину! Я записываю рецепт!

На кухне в шкафу за стеклом стоял кулинарный пятнадцатитомник «Блюда мира» авторства доктора Эткера, переведенный с немецкого. Готовить по нему было все равно что играть на баяне с двумя работающими клавишами. Время от времени мы с бабушкой Ниной открывали черные глянцевые томики, но наткнувшись на указание порезать капусту пак-чой, очистить стручки бамии или разморозить лангустов, разочарованно захлопывали.

Зато бабушка Нина освоила пиццу. Восхитившись, какое это дешевое, вкусное и, главное, модное блюдо, она стала печь ее каждый день, добавляя все, что могла найти в холодильнике, вплоть до картофелин и консервированного горошка. И обязательно поливала домашним майонезом. Для него нужны были яйца. Но и они исчезли с прилавков. Как-то утром я проснулась от бабушкиного:

— Лена, вставай! Внизу дают яйца!

Это означало, что в магазин, который находился в нашем доме на первом этаже, привезли яйца. И надо немедленно туда бежать, пусть и с отпечатком подушки на лице, потому что дорога каждая минута — яйца, как известно, мгновенно разбирают. И бабушка Нина не сможет приготовить домашний майонез. И пиццу. Разумеется, бабушка Нина могла отправиться на охоту за яйцами одна. Но легкие пути никогда не были ее методом. Процесс одевания ребенка зимой даже во времена реймы и монклеров нужен для того, чтобы напомнить человеку: жизнь — это тебе не это. Бабушка Нина натянула не меня колготки, рейтузы, штаны, свитер, платок, шапку и черную овчинную шубу, которую стянула посередине бордовым ремешком. Вытирая вспотевший лоб, она еще немного пометалась по квартире в поисках сеточки для яиц, и мы, наконец, отправились в магазин. Лифт снова не работал.

Яйца, конечно, закончились. Очередь недовольно гудела. Одна тетка сообщила, что яйца сегодня еще должны «выбросить» на рынке «на пролетарке». Вроде бы. Бабушка Нина потащила меня на трамвайную остановку. В сизых утренних сумерках и метели трамвай уже набился людьми и предупредительно позванивал. Мы побежали. Бабушка Нина была выдрессирована погонями за общественным транспортом. Однажды она бежала за семьдесят четвертым троллейбусом и все же упала. Сломала ногу. С тех пор в поликлинику бабушка Нина ходила с палкой, но по улицам продолжала бегать весьма шустро, зажав клюку подмышкой, а то и вовсе без нее. Она забросила меня на ступеньки трамвая и прыгнула следом. Двери захлопнулись. На ступеньках было тесно. У пассажиров от тепла потекло из носов.

— Это двадцать восьмой? — спросила запыхавшаяся бабушка Нина.

— Нет, тридцать первый, — прошмыгал дядька в мохеровом шарфе.

Тридцать первый шел только прямо, а двадцать восьмой — налево, в сторону рынка. На следующей остановке еще был шанс все же уехать в нужном направлении. Мы выпали из переполненного трамвая. Следом шел другой.

Возможно, что и тридцать первый. Бабушка Нина схватила меня за руку и ринулась к нему. В глаза сыпал мокрый снег.

Во втором трамвае было не так тесно. Мы даже пробрались в середину вагона. Бабушка Нина с облегчением вздохнула, расстегнула верхнюю пуговицу шубы, стала высматривать свободное место, но все же спросила на всякий случай:

— Это двадцать восьмой?

— Нет, тридцать первый.

Оказалось, мы сели в тот же трамвай, но во второй вагон. Яйца в тот день бабушка Нина так и не купила.

1

В пять лет я узнала, что есть такая страна Украина. Воспитательница Тамара Григорьевна задумала утренник, посвященный первому мая. Согласно ее сценарию, дети должны были изображать страны Советского союза и кружится в счастливом хороводе. Из готового реквизита у воспитательницы Тамары Григорьевны были только два невероятной красоты венка с атласными разноцветными лентами. Все девочки тут же захотели быть украинами. Но воспитательница Тамара Григорьевна отдала венки близнецам. Ире и Марине. Близнецы в то время были диковинкой, и в государственных учебных заведениях к ним относились с пиететом. Это Саша, это Лена, это тоже Лена, Наташа, Наташа, Наташенька — перечисляла

Тамара Григорьевна воспитанников дедушке Морозу, а это— и ее влажный рот расплывался в улыбке — наши близнецы. Близнецам Ире и Марине даже разрешали приносить с собой ириски, которые они прятали в сумочках из синего вельвета и ели тайком около туалета. Передние зубы у близнецов Иры и Марины были черными. Я думала, что из-за ирисок. Близнецов Иру и Марину я не любила и топила их носовые платочки в унитазе.

Мне досталась скучная роль, для которой воспитательница Тамара Григорьевна велела изготовить головной убор дома. Мама, вооружившись Большой советской энциклопедией, смастерила его из картона, расписала гуашью и украсила бусинками, а затем приделала к моей голове с помощью резинки, которую срезала с новогодней маски. Оглядев меня, она посоветовала не расстраиваться, и сказала, что моя роль тоже очень даже интересная. Но на утреннике я чувствовала себя аутсайдером. Зато узнала, что есть такая страна Эстония. А эстонский национальный костюм венчает поттмютс.

five

Язык в школе преподавала англичанка Тамара Михайловна. Сухая дама с длинными желтыми ногтями, которыми она стучала по столу, прежде чем с ощутимым акцентом произнести: «Хэлло чилдрен ху из он дьюти тудей». Если ногтей в англичанке Тамаре Михайловне было много, то вместо волос она носила огненный парик.

— Настоящая леди, герлз, должна всегда быть на каблуках, — утверждала англичанка Тамара Михайловна. И вертела из-за стола узкой ножкой в туфле. Будучи женщиной астенического сложения, она страдала то меланхолией, то мигренями, то истериками, которые вызывала наша непреодолимая тупость. Например, когда кто-то на уроке, где проходили «энималс ин зе зу» вместо «крокодайл» упорно читал «крокодиле». В такие моменты англичанка Тамара Михайловна так визжала, что казалось, еще мгновение — и она рухнет с каблуков и выскочит из парика.

Наша нервная леди была страшной поклонницей Америки и всего американского. На уроки и школьные спектакли она приглашала неизвестно где раздобытых баптистов — смешливых людей в голубых пелеринах. Баптисты привозили подарки — маленькие вязаные кресты на магнитах, красные и синие. Было классно кидать эти наивные символы веры в доску — они примагничивались и медленно сползали вниз. Баптисты вспоминали, с кем имеют дело, и доставали из котомок разноцветные шарики жвачки. Вот это другое дело! Шарики жевали и лепили серые блямбы под парты.

К процессу обучения англичанка Тамара Михайловна тоже подходила новаторски — превратила класс в супермаркет. Убрала с полок книги и поставила на их место нарядные пустые коробки из-под американских продуктов: кукурузных хлопьев, конфет, шоколада, печенья и прочих деликатесов. Вся школа, пуская слюни, приходила поглазеть на ее кабинет. В конце каждого урока англичанка Тамара Михайловна напоминала:

— Чилдрен, не выбрасывайте коробки из-под заграничной еды. Приносите в класс, плиз. Если хотите, конечно, получить файф.

На закате второго учебного года собирательница коробок пообещала отвезти нас в Америку. Предполагалось, что мы будем гастролировать со спектаклем «Винни зе пух», в котором я получила роль Кристофера Робина. Утверждала, что уже договорилась обо всем со своими баптистами. Мы репетировали, родители волновались. Даже открыли тушенку и сухое молоко в плотных серебристых пакетах — гуманитарную помощь от штатов, которую выдали в школе.

Но ничего с Америкой не вышло — англичанка Тамара Михайловна оказалась фантазеркой. Летом вместо Америки она отправилась в психиатрический стационар. Кабинет-супермаркет же был настолько великолепен, что никто не решился его разорить.

1992

Сентябрь девяносто второго года стал знаковым. Отменили школьную форму. Коричневое платье, черный — для будней и белый — для праздников фартуки были куплены заранее, но навсегда остались висеть в шкафу. Я быстро забыла, как это — каждый воскресный вечер пришивать к рукавам выстиранные и накрахмаленные манжеты. И перестала ссориться с бабушкой Ниной из-за воротничков: она любила отложные, а я — стоечкой.

Одноклассники выглядели растерянно и разношерстно. Будто час назад еще гоняли на великах по дачным тропам и вдруг оказались на школьном дворе. Я оказалась одной из самых нарядных. Из Израиля мне прислали белые хлопковые брюки и розовую футболку с амперсандом. А еще рюкзак с размашистой надписью Barbie. И чудесный пенал с утятами из мультика про Скруджа, и прозрачные ручки, внутри которых кружились блестки, стоило их немного потрясти. На первом уроке учительница представила новую девочку. Красивую чеченку с толстенной темной косой и изящным носом, плохо говорящую по-русски. Ее звали Мариной.

— Ребята, а вы знаете, что Марина летом была в Америке? Марина, расскажи, что ты видела в Америке. Каждый из ребят мечтает там побывать.

— Я видела много магазинов. И там все было, — поделилась впечатлениями чеченка Марина.

На родительском собрании учительница стала сетовать, что в классе нет телевизора, по которому мы смогли бы смотреть диснеевские мультфильмы и серьезное кино про Великую Отечественную войну. А потом и про узников концлагерей. Папа чеченки Марины, по слухам, бандит, купил телевизор. Сони. Учительница пожаловалась, что телевизор сони — это, конечно, хорошо, но как смотреть фильмы, когда нет видеомагнитофона. Маринин папа невозмутимо привез видеомагнитофон. Документальные ленты и легкомысленные мультики мы так и не увидели, зато учительница то и дело уходила из школы с коробками — то с микроволновой печью, то с радиотелефоном. Чеченка Марина выучила русский язык, побывала в Праге и на островах.

На уроке труда, пока все шили скучные юбки-солнце, троечница Олеська предложила:

— Давай нарисуем манекену сиськи!

Я и нарисовала. Мелом. ИЗО был моим любимым предметом. Посмотреть на них пришла директриса Татьяна Павловна. Заставила стереть и пригласила на беседу бабушку Нину. Я разозлилась — дома ждал скандал. И сказала чеченке Марине:

— Вот из-за таких, как ты, русских на войне и убивают.

664

Изобразительное искусство было не чуждо и бабушке Нине. Так, она украсила дверь туалета репродукцией Поля Гогена «Когда свадьба». «Никогда», — повторяла я про себя каждый раз, поднимая круглую ручку спуска.

В моей комнате напротив кроватки висел холст в золотой раме, на котором была изображена томная женщина с плавными линиями бархатного тела в бордово-розовом одеянии. В руках дама сжимала меч, а ступней кокетливо касалась отрубленной мужской головы. Каждое утро, проснувшись, я разглядывала эту сцену, от которой веяло покоем, а не войной, приглушенную слабым северным светом. Эта была Юдифь, обезглавившая Олоферна, авторства Джорджоне. Возможно, такое ненавязчивое знакомство с искусством многое объясняет в моей судьбе. Потом я узнала, что Юдифь — это еще и астероид. Его открыл немецкий астроном Август Копфф и присвоил ему номер — 664.

18

Я училась на первом курсе, и у меня не было денег на новое пальто. Подруге Оле тоже было необходимо пальто, правда, для молодого человека Кирилла. Потому что, взглянув на его пальто, все спрашивали: «А в чем же будет ходить дедушка?». Кроме дедушкино пальто молодой человек Кирилл носил на ремне, как любят писать маркетологи, стильный аксессуар — сломанный пейджер.

Судьба дала нам с подругой Олей шанс восстановить баланс пальто в мире — предложили подработку. Каждый день после пар нужно было приезжать в книжный магазин «Москва» на Тверской и продавать энциклопедию «Книга» (издательство «Большая научная энциклопедия», 2000). Синий талмуд с золотым орнаментом на обложке. Точнее, презентовать. Ладно, работать промоутерами. То есть стоять посреди магазина у стойки с «Книгой» и время от времени бубнить в микрофон:

— Дорогие покупатели! Во флагманском московском книжном появилось уникальное издание об истории возникновения и развития печатной книги в России от времен Ивана Федорова до наших дней, которое станет прекрасным подарком к Новому году.

Срам, конечно, но что не сделаешь за 18 тысяч рублей.

Это был мой первый опыт публичного выступления. Энциклопедия мало кого интересовала — вышел первый том «Гарри Поттера». Иногда к нам все же подходили юродивые или пьяные. Особенно запомнился парнишка с очком для унитаза на шее. Весь декабрь мы чахли над «Книгой» и отбивались от психов. Однокурсники в это время пили портвейн «777» и «Балтику № 9» в сквере на Сухаревской и обсуждали грандиозную новогоднюю вечеринку: море алкоголя, тазы с салатами, танцы и ночную прогулку по Тверской. Скинулись стипендиями. Мы с подругой Олей тоже. Закупку провианта и горячительных напитков поручили молодому человеку Кириллу. Забрав стипендии, он пропал на несколько дней. А когда нашелся, рассказал жуткую историю: на вокзале его охмурили цыгане и отобрали все деньги.

Новогоднюю вечеринку спасли мы с подругой Олей. На заработанные в «Москве» тысячи купили продукты, ящик шампанского и водки. Мое пальто так и осталось висеть в магазине. Оставшихся денег хватило только на черное платье с открытой спиной, в котором, вернее будет сказать уже без него, я лишилась девственности.

— Где же кровь? Почему у тебя не было крови? — удивился друг по кличке Палтус.

Тонкими пальцами он гладил мою вульву.

— Не знаю, — я повернулась на бок, чтобы грудь казалась больше. — Возможно, я просто мертва.

Друг Палтус набросил на лицо черное платье и заснул быстро и тихо, как ребенок. Его ноздри ритмично втягивали тонкую ткань.

Внизу живота расплывалась приятная нежная боль. Я закинула на приятеля Палтуса ногу и пролежал без сна до утра.

На первый экзамен молодой человек Кирилл пришел с новым пейджером.

Этим летом в Книжном магазине «Москва» на Тверской прошла презентация сборника моих рассказов. Я сидела в зале букинистической литературы с микрофоном в дрожащей руке и аргументировала, почему все же стоит купить уже мою книгу.

Два этих эпизода разделяют двадцать лет, за которые ничего не изменилось. Денег по-прежнему нет, дети выбирают «Гарри Поттера», с меня падают на пол черные сексуальные платья, подруги дарят своим мужчинам пальто, а те воруют деньги и тратят их на айфоны.

Энциклопедия «Книга» так никому и не нужна.

9

Летом после первого курса отправились в Крым. В Евпаторию. По прибытии на вокзал прямо у поезда, по вагонам которого ходил странник и продавал «цéпочки», нас перехватила ушлая дама и впарила квартиру в пятиэтажке на улице Девятого Мая. Довольно убогую, к нашему огорчению, но другие предложенные ею же «вариантики» были еще хуже — с удобствами на улице и углами, отгороженными тряпьем.

Одну комнату заняла первая подруга Юлия с бойфрендом, а другую — мы со второй подругой Ириной. Одинокие. Кинули вещи и отправились на пляж. Компаньоны остались в квартире — наводить уют.

Мы немедленно обгорели, съели по палке мидий и потеряли в зеленой воде, но быстро нашли бикини, прокатившись на водном аттракционе «банан». По дороге домой взяли огромный арбуз, три килограмма картошки и неожиданно осознали, что все пятиэтажки одинаковые. Стоят, как костяшки домино, а мы и не помним, какая из них наша. Адрес, конечно, тоже не записали. Вокруг — выжженная потрескавшаяся земля, напоминающая миндальное печенье, с редкими клоками травы.

Что делать? Для успокоения приобрели бутылку крымского вина и распили ее у подножия памятника Фрунзе. Познакомились с четырнадцатилетними евпаторийскими пионерами. Пожаловались, что потеряли квартиру, и пионеры во что бы то ни стало вознамерились доставить пьяных москвичек домой.

— Мы бы очень хотели жить в Москве. Все ждем, когда же мы войдем в состав России. Мы — русские, — отрапортовали пионеры.

Мы с подругой Ириной, подгоняемые пионерами, шли, не снимая с себя надутых плавательных кругов. Я свой все же проткнула, когда завернула пописать в кусты акации.

Невероятно, но живой балласт с арбузом и картошкой был доставлен по нужному адресу — на улицу Девятого Мая, дом двадцать один.

На следующий день мы с подругой Ириной надели короткие топы и пошли на дискотеку. Там крутили «Я люблю тебя до слез» и «Меня зовут Вова, я знаю три слова». Иногда на танцпол пускали паровые облака. Музыка, хохот танцующих и дым взмывали в южное теплое небо сквозь зеленые защитные сетки с вплетенной в них искусственной виноградной лозой.

Мы устали плясать под «Вову», сели за пластиковый столик и заказали шампанское. К нам присоединилась незнакомая пара. Он — в футболке-сетке. Она — с обломанной от пергидроля челкой. Он с хэкающим акцентом рассказал анекдот про «хинеколога» и «влахалище». Мы с подругой Ириной переглянулись и смутились. Мужик решил, что перегнул палку с сексуальной анатомией и вспомнил приличный, по его мнению, анекдот про старшину в армии:

— Как фамилия?

— Орлов!

— Молодец, Орлов, орлом будешь! А твоя?

— Соколов!

— Молодец, Соколов, соколом будешь! А твоя?

— Козлов!

— Ну, ничего, ничего...

Его пергидрольная спутница скривилась и заметила, что анекдот старый и тупой. Но мы с подругой Ириной встретили его на ура, потому что моя фамилия — Козлова.

Вскоре пара предложила пойти к ним домой — посмотреть немецкое порно.

— Там и пизду покажут, — обещал мужик.

— Зачем тебе пизда, ты шо, хинеколог что ли? — парировала спутница.

Мы с подругой Ириной не решились.

Через пару дней, поскитавшись по шашлычным у подножия Ай-Петри, вся наша компания подцепила ротавирус.

Едва оклемавшись от недуга и битвы за единственный в двушке сортир, мы с подругой Ириной решили поделиться впечатлениями о курорте с нашей третьей подругой Светкой, которая благоразумно осталась в Москве.

Живописали и пьянку у Фрунзе, и долгую дорогу в кругах, и что мужиков на пляже нормальных нет, и дискотечную пару, и что в горах за отшельников экскурсоводы выдают обычных наркоманов, и отравление во всех неприглядных подробностях.

В графе «куда» подруга Ирина, перенервничав, вписала свой домашний адрес.

Родители подруги Ирины хранят письмецо где-то в своих альбомах и перечитывают иногда на семейных ужинах.

182

Сошлась с парнем Митей. Не могу сказать, чтобы влюбилась. Но для студенческой вечеринки это был неплохой вариант. Мы встретились в метро и долго обжимались в вагонах, делали переходы, томились на эскалаторах, добираясь в недосягаемое Митино. Сквозь теплый январский снег, держась за руки, шли на автобусную остановку, где, сливаясь в поцелуях, ждали маршрутку номер сто восемьдесят два. Парень Митя грел мои руки своими, потому что я потеряла варежки. Мы курили одну сигарету на двоих и дышали друг другу дымом в рот. В маршрутке одна женщина громко спросила своего спутника:

— Ну, как твой желудок? До дома дотерпишь?

Спутник смущенно шипел, мы хихикали. Матерясь, укрывая лица от пурги, брели до высокого панельного дома. Дошли. Пьянка была в разгаре. Кто-то блевал в туалете. Из родительской спальни выскочила девушка с обнаженной грудью. Парень Митя снял ботинки.

Вместо стелек в них оказались женские прокладки.

— А что, — сказал он, — отличная вещь. Ногам тепло, сухо.

Больше я с ним не встречалась.

С началом специальной военной операции волонтеры стали собирать прокладки для бойцов на фронт. Хорошая вещь, говорили. Ногам тепло, сухо. Еще тампоны нужны — кровотечение останавливать.

555

Бабушка Нина всю жизнь была атеисткой. Папу она все же тайно крестила. Возила в деревенскую церковь, а крестным позвала соседа.

— В бога веруешь? — спросил соседа поп.

— Нет, — ответил сосед.

— Крестным будешь?

— Буду, — согласился сосед.

Так и покрестили.

С годами бабушка Нина пришла к богу. Говорила, что шла-шла куда-то и все не туда. А тут бог. Она купила «Библию для детей» и вечерами благочестивым тихим голосом читала мне про Авраама и Исаака, Моисея и Аарона, Лию и Рахиль.

Правда, бабушкино духовное развитие все же дало неожиданный крен — она стала суеверной. Однажды на крышу дачного дома упал совенок. Бабушка Нина сказала, что сова — к покойнику, и приказала дедушке залезть на верхушку ели и пристроить его на ветках, поближе к гипотетической сове. Чтобы в доме не образовался неожиданный покойник.

Вдобавок бабушка Нина стала бояться дьявола. На шкаф она водрузила канистру с освященной водой, и когда я была не в настроении или шалила, говорила:

— Лена, иди, я тебя умою.

Из Израиля мне прислали кроссовки, на которых розовым были выведены цифры «555».

Бабушка Нина где-то слышала про число дьявола, но ее знания о бесовщине оказались весьма поверхностными. Пять, шесть — какая, разница? Она не разрешила мне надеть обновку:

— Лена, это от лукавого.

Но не пропадать же добру. Бабушка Нина подумала и ручкой дорисовала пятерки до шестерок. В сатанинских кроссовках я ходила, бегала, сидела и стояла, пока не выросла моя нога.

15

Кроме бога бабушка Нина верила в воду, заряженную экстрасенсом Аланом Чумаком. По субботам она ставила трехлитровую банку перед телевизором, в котором седовласый мужчина в очках смотрел строго и говорил вкрадчиво:

— Сядьте поудобнее, расслабьтесь, вытяните руки и ноги. Закройте глаза. Дышите спокойно.

Бабушка Нина устраивалась на диване и обмякала. Экстрасенс Алан Чумак делал пассы руками. За ним было интересно наблюдать через банку. В конце сеанса целитель предлагал в следующий раз зарядить еще и кремы, если они есть. И добавлял:

— Я уверен, что теперь вы будете чувствовать себя хорошо.

Наверное, в целом люди чувствовали себя неважно. Бабушка Нина надеялась, что чудодейственная вода поможет дедушке Грише от радикулита, а меня убережет от изнасилования и влияния дурных компаний. Для дурных компаний я была слишком мала, но бабушка Нина любила все делать заранее. После зарядки банка с водой отправлялась на подоконник, где ждала, когда я достигну пубертата и спутаюсь, наконец, с негодяями.

Вполне возможно, что и дождалась, если бы как-то раз бабушка Нина не пошла за продуктами. Точнее поехала, потому что за продуктами надо было непременно ехать несколько станций на метро — на выхинскую «оптушку». Там же в палатке союзпечати она обязательно покупала газету. А иногда ездила и за одной газетой.

— Буду к пятнадцати часам, — сообщила бабушка Нина. — В холодильнике винегрет.

Дверь за ней захлопнулась, окно было открыто и от сквозняка банка с водой Чумака свалились со своего насеста и разбилась. Я отправилась за тряпкой, а когда подошла к осколкам, обнаружила, что по огромной луже бегают искорки электричества. Вода залила проводку, с которой давно были проблемы — бабушку Нину и дедушку Гришу иногда замыкало, когда они лезли за тапочками под диван. Я застыла над лужей, подозревая, что, если суну туда руки, могу получить настоящий заряд. Бросила в осколки тряпку и застыла в ожидании взрыва. Его не произошло. Искорки продолжали скакать на тряпичной луже. Я следила за ней, боясь сойти с места, до обещанных пятнадцати часов, которые никак не наступали. Бабушка Нина вернулась с продуктами и газетой ближе к четырем. Она вытерла «это безобразие», засунув в лужу деревянную палку от швабры.

Мне кажется, нас всех тогда все же чем-то не тем зарядили.

6

За окном огни ночного проспекта сливаются в белую полосу. В лобовое летят подсвеченные фарами точки снега. Они не доходят до него, а будто тают за секунду до столкновения. Мне шестнадцать.

Все обычно. За исключением одного. Мне шестнадцать лет и я сижу на переднем сидении хаммера.

Мне всегда везет. Я красивая. Мои уродливые подруги тормозили девятки, москвичи, в лучшем случае, мерседесы. Я же тормознула хаммер.

На хаммере я еду на девичник. В пакете, который я закинула назад, — подарки для моих уродливых подруг. Елочные шары. Мы договорились всучить друг другу шары. И память, и не обидно никому.

Я, конечно, не сама еду на хаммере. Меня везет самый настоящий артист. Я не люблю его песни, но народ тащится. Он стадионы собирает. Видит — девчонка на обочине стоит, замерзшая, с мешком. Дай, думает, подвезу. Человек. И живет не где-то там в элитном поселке, а в обычном спальном районе.

Жена ему звонит постоянно, просто через каждую минуту: «Где ты, где ты, мудак? Я волнуюсь».

Слышно на весь хаммер. Это связь у него такая — громкая. И жена тоже.

А он ей:

— Да заебала ты! Скоро буду!

И отключается.

Надоедливая какая жена. Меня б тоже заебало. Муж у тебя такой известный артист, с концерта, наверное, едет, устал, девушку еще подобрал с мешком, а ты тут орешь. Сидела бы дома, ужин ему стряпала. Или на ногти сходила бы.

— Ты на Мадонну похожа, — говорит артист. — Я на зоне когда был, кроме блатняка Мадонну уважал. У нее зевок открыт. Это среди музыкантов редко встречается. Только у Пугачевой еще.

— А за что вас посадили? — оживилась я.

— Не важно. Тогда всех зажали. Я на зоне шары себе в член загнал. Шесть штук. С ними, знаешь, какие у женщин во время ебли ощущения?

Артист, не выпуская руля из левой руки, правой расстегнул ширинку, покряхтывая, стал вытаскивать из джинсов нечто сизое с бордовой головкой-грибом. Все это появлялось и исчезало в полосах света — мы въехали в тоннель.

— Пососи мне, — артист запустил руку мне между ног. — Умоляю, возьми в рот! Там шары! Возьми в рот, сука! Я люблю, когда мне малолетки сосут на большой скорости.

Я окаменела. Почему-то вспомнила про воду Чумака — неужели не убережет?

— А давай в «Охотный ряд» поедем? Прямо сейчас? Я там всё, что хочешь, тебе куплю, а? Шмотки там, сумки, белье? Соглашайся! Только отсоси. Или можем так: сначала в стекляшку, а потом отсосешь. Можем и номер снять, в Метрополе. С шарами ты поди никогда не пробовала.

Я призналась, что никогда не пробовала даже без шаров, и заплакала. Известный артист был первым человеком, которому я честно сказала, что в шестнадцать лет все еще девственница.

Я стала дергать ручку хаммера, но двери были заблокированы.

— Да вали, давай, расскажешь кому, все равно не поверят. Что такой уважаемый дядя такими вещами занимается.

Хаммер резко затормозил, артист открыл дверь и вытолкнул меня в грязный сугроб. Проехал еще немного и снова остановился. Дверь открылась, и на шоссе вслед за мной был выброшен мешок с елочными шарами.

В ту ночь каждый из нас остался при своих шарах.

Уродливые подруги мне, разумеется, не поверили.

5, 15, 25

Разбирая вещи в квартире бабушки Нины после ее смерти, нашла маникюрный набор в красном кожаном чехле. На нем ручкой было выведено: «5, 15, 25 — ногти не стричь».

6, 9, 18

Весной в России закрыли KFC. Осталась единственная точка — на Савеловском вокзале. Сын ест наггетсы только из KFC, и мы специально отправились в город к зубному на электричке, чтобы заскочить туда на обратной дороге.

Я смотрела на жующих в телефоны людей и завидовала им. Они ничего от этой жизни не хотели. А потом вспомнила, что мне скоро сорок. Что у меня была хорошая работа. Карьера. Муж. А потом я пошла на психотерапию.

Этим психотерапевтам лишь бы все разрушить...

Выяснилось, что я не люблю мужа Дмитрия. Занимаюсь не своим делом и от этого у меня постоянно болит спина. И вообще, живу не своей жизнью.

Я бросила работу — решила делать только то, что нравится. Выставила мужа Дмитрия — захотела жить только с тем, с кем хочу. И теперь сижу. Без работы, без мужика и без денег. Как сказала бы бабушка Нина, кукую.

Ку-ку.

Я дошла до своего Южного полюса. Теперь все дороги ведут только на север. Других путей нет. С другой стороны, Южный полюс никому не принадлежит. Кроме меня.

Страна замерла в предчувствии настоящей войны. И в этой неловкой тишине было слышно, как уста жуют наггетсы. Шесть, девять и восемнадцать штук.

На юг уже не получится. Я знала, что никуда не уеду. Не потому что я патриотка. И не потому что нет возможности. Я не хочу.

Я впервые ничего не хочу.

20

В Испании мы с бывшим мужем Дмитрием оказались на туристической яхте. Соленые брызги в лицо. Качка. Вверх. Вниз. Вверх. Вниз. Сангрия болталась в пластиковых стаканах. Морепродукты шкварчали на открытом гриле. На борту помимо нас гедонизму предавалась группа полных американцев. Хохотали. Кричали голосами животных. Скидывали с себя одежду. Трясли грудями. Мужчины тоже. Катались по палубе. Гид смотрела на них равнодушно.

— Какие непосредственные, — умилялась я.

Бывший муж Дмитрий отошел за порцией креветок и, пользуясь силой своего обаяния и хорошим английским, познакомился с гидом.

— А это психи, — сообщил он, когда вернулся, передавая тарелку с едой. — Дурдом на выезде. Каждый месяц американская благотворительная организация собирает группу из двадцати человек. Возит по миру. Чтоб тоже смотрели.

Одна дама из двадцати психов поднялась с палубы и, шатаясь от качки и сангрии, отправилась в трюм, где был туалет. Ее американский компаньон немедленно закрыл люк, сел на него и стал изображать, как она какает. Все смеялись как дети.

«Так ведь и надо жить», — подумала я.

100

Мама Таня уехала из России в Канаду. Я приехала к ней в гости. Она жила в пригороде Торонто, в городке Ричмонд-Хилл. Название улицы не помню, а номер дома — сто. Мама Таня говорила, что это счастливое число. Как-то вечером мы вышли на крыльцо. Карминовое солнце стремилось к горизонту. Мама Таня посмотрела на небо и сказала:

— Смотри, здесь, в Канаде, можно сразу увидеть и солнце, и луну.

Наверху, над крышей дома номер сто, над порыжевшими от зноя туями и откормленными канадскими елями, висел изящный бежевый месяц. Он напоминал закрытый глаз.

Бедная мама Таня в России никогда не смотрела на небо.

34

Моя вторая бабушка Галя работала на оборонном заводе. В широких вазах пылились ее ордена за заслуги перед Отечеством. Выйдя на пенсию, бабушка Галя продолжала, как она говорила, «шуршать» — драила особняки на Рублевском шоссе, а в свободное от уборки время квасила дома капусту и продавала ее у метро.

Мама Таня забрала было бабушку Галю к себе в Канаду. Три месяца бабушка прожила на чужбине, но стала тосковать по родине и вернулась. К особнякам и капусте. О своей работе она рассказывала много интересного. Так, капуста продавалась по графику, в строго определенные дни и часы, иначе был риск подраться с другими бабушками-капустницами или попасть в лапы ментов.

Рублевские олигархи время от времени устраивали домашние попойки и ломали женам носы за неверность или длинные языки. Одну рублевскую жену, по рассказам бабушки Гали, в назидание отвезли в лес, привязали к дереву и оставили в чаще на несколько дней. А потом развязали, вернули в дом и купили ей новую машину. Но потому все же выгнали. Так и сказали: «Чтобы духу твоего здесь не было». Освобождая от своего духа особняк, рублевская жена раздавала вещи. Обувь и одежду. Перепало и бабушке Гале. Она передала кое-что мне. Размер подошел идеально — тридцать четвертый. Рублевская жена, вероятно, была высушена фитнесом, безуглеводной диетой и страданиями.

Я ходила в школу в пиджаках Dior и кашемировых водолазках Missoni. Для меня это были просто вещи, я совсем не разбиралась в брендах. На фотографии с последнего звонка я улыбаюсь в довольно скромном на вид костюме YSL.

Много лет спустя я навестила старую квартиру и, разбирая шкаф, обнаружила все это странное богатство. Пиджаки и блузки давно вышли из моды и только лейблы намекали, что они не так уж просты. Мне стало жалко эту одежду. И бабушку. И рублевскую жену из леса. Я сложила их аккуратной стопкой на подоконнике в подъезде. Кому-то, должно быть, тоже повезло. Не каждый день в обшарпанном подъезде московской панельки, где с потолка свисают обгоревшие спички и воняет мочой, несмотря на домофон, можно найти диор на подоконнике.

1,5

Родители моей подруги Ирины — интеллигентные люди. Их не интересуют вещи.

В рамках специальной военной операции родители подруги Ирины первым делом решили привести в порядок дачные документы. Папа Борис составил заявление, в котором случайно написал «Можайский район» через «а». Мама Таисия немедленно заметила это и заявила, что только идиот может написать «Можайский район» через «а». Папа Борис обиделся и назвал маму Таисию дурой. Второй раз в жизни. Первый случился много лет назад, когда мама Таисия при знакомстве с парнем подруги Ирины рассказала, что в детстве та любила засовывать шишки себе в трусы.

— Таисия, ты дура. — именно так папа Борис и сказал. - Ты унижаешь меня в глазах нашей дочери.

Такого мама Таисия стерпеть не смогла и кинула в папу Бориса тапком. Скандал растянулся на полтора дня. Ночью был сделан антракт, а утром началось второе действие, во время которого папе Борису припомнили, что, когда в семье родились погодки, подруга Ирина и ее брат, тот каждое утро сбегал в библиотеку — писать диссертацию, которая так и не увидела свет. Устав от тапочных бомбардировок, родители вновь объединились и обвинили в заварушке подругу Ирину. Мол, она вместо того, чтобы их помирить, ходила по дому и хохотала. И уехали на дачу. В «Мажайский район».

О

В нулевые подруга Ирина пригласил меня делать журнал о стиле жизни. Звучит, странно, конечно, но в то время, видимо, у жизни должен был быть стиль, иначе какой в ней смысл. Нет, журнал не являлся печатным органом крупного издательского холдинга. Это был проект мецената Павла. Наш учредитель, по его собственному признанию, «скупил себе все дома и яхты на свете» и его вдруг «отпустило». Он решил вкладываться в искусство. А журнал о стиле жизни чем не искусство?

Меценат Павел не жалел денег на прекрасное. Планы были невероятные. Предстояло сколотить команду. Но мы с подругой и главредом Ириной решили, что для успешного творческого процесса нам в первую очередь необходим красивый офис. Рабочие выкрасили стены редакции, которая находилась на Рублевке, в глубокий шоколадный. Главред Ирина заказала белую кожаную мебель.

Разобравшись с ремонтом, мы приступили к набору штата — разных там арт-директоров, дизайнеров, обозревателей и прочих сумасшедших, знающих толк в стиле жизни. Это оказалось делом непростым. Кандидаты до Рублевки не доезжали — либо терялись по дороге, либо, увидев наш заснеженный домик под сенью корабельных сосен, пугались и обращались в бегство. Все они были голодранцами без машин. Кандидатки угнетались детьми, которые ходили, вернее, не ходили в детские сады, потому что постоянно болели. Отчаявшиеся соискательницы умоляли разрешить им работать из дома.

— Какие сады, какие дети, какие сопли, когда речь идет о работе в журнале о стиле жизни на Рублевском шоссе!? — возмущалась главред Ирина.

— Нечего было рожать, — поддакивала я.

Не удивительно, что пилот мы делали вдвоем в компании дизайнера, который потом исчез, украв макет. А когда не делали, то курили на крыльце. Там к нам прибились коты. Мы назвали их Сифон и Борода. Кот Борода вскоре исчез, а кот Сифон поселился в редакции и обзавелся миской. Однажды утром он приполз на крыльцо со следами страшной кошачьей бойни на морде и потрепанном тельце. Пришлось возить его в ветклинику на капельницы и делать уколы.

Пока мы выхаживали кота, в шоколадную редакцию приехала мебель. Не вся. Приехал только белый кожаный стул. Главред Ирина забрала его в свой кабинет. На нем, в мазях, бинтах, спекшейся крови, лимфе и гное, расположился кот Сифон.

Когда мы доделали пилот, то включили его в почетный список «над номером работали», потому что редакции все еще не было и пришлось ее придумать. Так и написали — Сифон Рублевский.

5, 6, 8

— Что там по математике? — спросила я сына.

— Задачи номер пять и номер шесть письменно. Задача номер восемь — устно. Наверное, на логику... А если завтра война, можно я пятую и шестую задачи решать не буду?

Я ответила:

— Литру, главное, сделай. И легкотня, и искусство. А искусство спасает все.

2×2

Стала встречаться с мужчиной. Респектабельным, крепким, как кирпич. С телеканала «2×2». Он пригласил меня поесть суши. Суши тогда только появились, и это было, безусловно, интересное предложение. В первом столичном суши-баре их не приносили официанты-узбеки. Суши крутились на ленте, строго говоря, кайтен-конвейере, как чемоданы в аэропорту. Их нужно было хватать оттуда палочками.

— Было бы забавно, если бы в аэропорту на ленте для багажа сидели люди, а чемоданы валялись бы вокруг, — помечтала я.

Мой спутник оказался искушенным. Наловил целую тарелку суши. Мне же удалось поймать только васаби. Недолго думая, я слопала его целиком. Мужчина с «дважды два» чуть палки не выронил.

— Тебе нормально? — разволновался. — Он же острый!

— Да нормально, — заверила я. — Я острое люблю.

Мне потребовалось много лет, чтобы научиться говорить:

Нет, мне не нормально.

Нет, я не люблю.

Я никогда не ела суши.

12

Какой журнал о стиле жизни без светской хроники, вспомнили мы с главредом Ириной. И решили посвятить ей последние шесть полос из ста двадцати. Светская жизнь в столице была неуемной, одни и те же львицы и птицы, казалось, только и делали, что порхали с одной презентации на другое открытие. Мы же заглядывали на мероприятия нечасто — было много работы. И кот Сифон. Едва очухавшись от драки, он заболел конъюнктивитом.

Для тусовок в редакционном шкафу висела горжетка из шиншиллы. Если одна из нас все же намеревалась блеснуть в обществе, то красила губы алым и облачалась в горжетку. А что, очень удобно.

Меценат Павел в творческий процесс не вмешивался. Только однажды заехал посмотреть на истерзанного кота Сифона, спросил, может ли чем помочь. Мазь какую привезти. Хотел было присесть, поговорить о делах, но не нашел места — мебель так и не привезли, а на единственном стуле свернулся клубком наш питомец. Душевный был человек, понимающий. Мы делали, что хотели, и были не ограничены в идеях и методах их воплощения.

Светская хроника в традиционном формате унылого «могильника» нас с главредом Ириной не вдохновляла. Мы назвали рубрику «До и после полуночи» и в качестве эпиграфа взяли слова феи из «Золушки»: «...а после двенадцати твоя карета превратится в тыкву». В первой части раздела размещали фотографии свеженьких гостей у пресс-вола. А во второй — этих же бедолаг, только изрядно набравшихся и творящих бесчинства. Были тут и танцы на столах, и рукопожатия лютых врагов, и распутные объятья с незаконными женами. Номер вышел, мы поглумились над несчастными и стали собирать фактуру для следующего в специальную папочку.

В редакцию приехали рекламодатели. Владелицы конного клуба. Мать и дочь. Обе — в золотых сапогах. Мы с главредом Ириной рассыпались в любезностях, нахваливали подачу материала и качество печати, сулили бизнесу посетительниц процветание и лояльную аудиторию. Дамы листали свежий номер и довольно кивали, пока не дошли до «могильника».

— Мама, смотри, это же папа! — воскликнула дочь.

— Действительно, папа! — подтвердила мать. — Где это он так убрался? Еще и с бабами...

С тех пор светская хроника у нас была скучной.

53

Если спросить пожилого актера, как он вообще попал в театральный институт, тот обязательно расскажет, что и не собирался туда поступать. Вот еще, какие глупости. Разве лицедейство — это профессия? Да и зачем ему все это, господи, — роли, слава, деньги? Так, пошел за компанию с приятелем. Компаньона приемная комиссия завернула, а его раз и приняли! Скучная это штука — интервью с пожилыми актерами.

Веселые интервью получаются с отчаянными героями. Взять, к примеру, сатирика Виктора Шендеровича. Накануне нашей встречи в сети появилось видео, на котором сатирик Виктор Шендерович в компании приятелей, довольно известных людей, между прочим, и нескольких шлюх вел себя весьма разнузданно: трахал матрас икеа и кричал при этом, как птеродактиль. Мы с главредом Ириной от души похохотали над компроматом и погуглили, сколько же лет нашему проказнику. Оказалось, пятьдесят три. Мы качали головами. Пятьдесят три казались древностью.

Утром на интервью я, едва взглянув на сатирика Виктора Шендеровича, тоже стала издавать странные сдавленные звуки, боясь рассмеяться в его грустное лицо.

— Что, Елена, посмотрели уже поганенькую пленочку? — вздохнул сатирик Виктор Шендерович.

Так мы и хихикали весь разговор. А болтали о политической сатире. О том, как она пыталась было разогнуться, но все же загнулась. Сатирик Виктор Шендерович любезно проводил меня под руку до метро: «На улице, Елена, гололед». Джентльмен.

7

В сети появились отзывы на мой первый сборник новелл. Седьмой плохой. Особенно тронул: «Вынесла в подъезд...». Целая история.

36

Снимали сюжет о ресторанах морской кухни для программы о жизни столицы. В ресторане морской кухни не было ничего любопытного, кроме аквариума с омарами. Их усищи раскачивались, как пантографы у троллейбуса, слетевшие с проводов. Оценив обстановку, коллега Катя блеснула профессионализмом: «Не знаешь, как снимать, надо снять по-тупому». Мы решили, что просто запишем нашу трапезу, а на монтаже разбавим ее синхронами с поваром, смуглым обаятельным французом. Принесли огромное блюда, в котором на ледяной крошке серыми каменистыми осколками лежала дюжина устриц. Я никогда их раньше не пробовала. Коллега Катя пить устрицы не решилась и заказала рыбу дорадо.

— Пишем, — скомандовал оператор.

Я выпила две — для общего плана. Потом еще несколько — для среднего. Подсняли руки, приборы, бокалы — для перебивок.

Я выпила оставшиеся — для крупняков. Тут выяснилось, что оператор ничего не записал — заглючила камера. Пришлось делать дубли. Я снова пила и пила устрицы. Для общего плана, для среднего и для крупняков, чтобы было видно, как скользкие моллюски капают в мой молодой плотный рот. Коллега Катя насчитала их тридцать шесть.

С тех пор я не пью устриц.

150

В разгар «норковой революции» мы всей редакцией собрались было на Болотную — митинговать. А заодно поснимать стихийное мероприятие для номера о политике. Все номера журнала о стиле жизни были тематические. Мы выбирали острые темы.

Сходка намечалась в субботу. Вечер пятницы был посвящен презентации «номера о душе» в шале «Березка» на Рублевке. Нет. Не о душе́. О ду́ше. Мы даже хотели поставить ударение в нужном месте на обложке, но дизайнер отговорил — мол, будет неэстетично. К нашему ужасу и негодованию, в небожительское шале не доехали промоутеры. Потерялись по дороге — не на ту электричку сели.

Впрочем, из простых смертных туда мало кто доезжал. Разве что бабушка Галя — драить особняки. Девушки-студентки должны были разносить корзины с печеньем, в котором были спрятаны бумажки с предсказаниями. Так я стала промоутером второй раз в жизни. А что бы не позориться одной, взяла для поддержки стилиста Джамилю.

— Кошмар, — сокрушалась стилист Джамиля. — Это отвратительно — шататься с корзинками! В юбках от Valentino!

Юбки, к слову, были со съемки.

— А что делать, — смирялась я, — Не пропадать же спонсорским корзинкам. Спонсоры выделили сто пятьдесят печенек! Ну, просто пройдемся мимо столиков, раздадим угощение. Одному русскому дворянину большевики предложили почистить клозет. Думали откажется, а дворянин взял ведро, тряпку и отмыл! Знаешь, как он объяснил свой поступок?

— Как же, — сощурила глаза стилист Джамиля.

— Стыдна не грязь. Стыдно жить в грязи.

Стилист Джамиля посмотрела на меня как на блаженную, молча взяла корзину и мы, покачивая бедрами в Valentino, двинулись вдоль столов с захмелевшими гостями. С улыбкой джокера я подошла к почтенному семейству и предложила им выбрать магическое печенье. Добавила, что у нас тут типа презентация журнала. Номера о душе.

— Если ты презентуешь номер о душе, какого хера ты так ярко накрасила губы? — накинулся на меня отец семейства.

Я не успела подумать. Облизнула кровавые губы и вывалила ему на голову печеньки из корзины. Отец вскочил и стал отряхивать крошки. Кричать про проданные души и лицемерие. Его спутница интеллигентно повторяла:

— Миша, успокойся. Миша, это просто губы.

Стилист Джамиля схватила меня за локоток и потащила прочь.

— Я же говорила. Я так и знала, что что-нибудь случится! Ты видела эти рыла?

Мы оказались у бара, где бахнули по шоту водки с клюквенным морсом. Встряхнулись и пошли к столу, где пьянствовала редакция. Стол находился на пьедестале — все же это была наша вечеринка. Я смотрела на гостей с верхней палубы. И думала о душе. Впрочем, от душа в тот момент я бы тоже не отказалась.

На Болотную в субботу мы не попали — перебрали на пятничной презентации.

3

Журналистка Надя писала в издание «о богатых и знаменитых» про эксклюзивные украшения, ювелирные дома и модные бренды. Она была толковой и увлеченной дамой. Дома и бренды присылали журналистке Наде симпатичные подарки, приглашали погостить в мраморных отелях и поводить жалом на закрытых тусовках в поисках полезных знакомств. Она чувствовала, что глубоко пустила корни на своей скромной, но ухоженной лужайке под глянцевым солнцем. Коллеги завистливо цокали языками и повторяли:

— Умеет устраиваться.

Мы познакомились в пресс-туре во Франции, который организовали производители кальвадоса. Предполагалось, что русские журналисты, сраженные изысканным вкусом яблочного бренди, по возвращению бросятся строчить хвалебные статьи, и кальвадос завоюет нашу страну наравне с односолодовым виски. Но поскольку поить кальвадосом журналистов начинали в самого утра, а за ужином предлагали отведать еще и сидра, группа с большим трудом добралась обратно на родину и еще хорошо, что в полном составе. Воспоминания о кальвадосе оказались весьма скупы.

Зато в парижском бутике журналистка Надя приобрела пудровую сумочку Chanel. По ее словам, вторую в жизни. Журналиста Надя выглядела по-настоящему счастливой. После символического променада по столице наша компания отправилась в дождливый Довиль, пристанище французских нуворишей, — поглазеть на казино и знаменитые отливы. В отеле обнаружилась табличка с профилем великой Коко авторства Лагерфельда. В 39-м году с началом второй мировой мадемуазель была вынуждена закрыть все свои магазины, в том числе и в Довиле, о чем сообщала памятная надпись...

Через несколько лет журналистка Надя заболела раком. Узнав об этом от бывших коллег, я зашла на ее страничку в фейсбуке. Она не скрывала своей болезни. Писала, что все же оставила след. Нет, не километры текстов о предметах роскоши. Следом стал тучный подмосковный сад, который она с любовью посадила и вырастила сама. Журналистка Надя просила дать ей хоть какую-нибудь работу — лекарства и врачи стоят денег. Но не могла работать от слабости. Она продавала в сети свои трофейные шанельки. Одну. Вторую. Третью. Среди них была та самая, из Парижа конца нулевых. Но она не смогла ее спасти.

500

Если журнал о стиле жизни выходил с неизвестной красоткой на обложке, это означало одно — обложку купили. Мы с главредом Ириной ликовали. Благодетелями нашими были влиятельные господа, желающие показать миру своих жен или подруг и располагающие для этого суммой в полмиллиона рублей. Одной обложки им казалось мало, подавай еще и пару разворотов с интервью. Ответы на вопросы клиенты обычно готовили сами — чтобы вдруг чего не вышло.

Жены и подруги влиятельных господ писали о двух вещах: все они увлекались современным искусством и мечтали прыгнуть «с парашюта». Возможно, это был какой-то абсолютный парашют-демиург, сальто с которого сулило приобщение к тайне мироздания. К секрету стиля жизни. Мы даже думали достать уже этот чертов парашют и скинуть оттуда всех наших незатейливых героинь.

Одна фаворитка, правда, поделилась и сокровенным — надеждой, что скоро забеременеет и будет получать алименты от своего воздыхателя. Но мы разумно вырезали этот искренний пассаж. Женская солидарность, чего уж там.

Особенно сложно было придумать продающие заголовки к интервью с симпатизантками Кунса и парашютного спорта. Но мы с главредом Ириной выкрутились — придумали пять «шапок-рыб»:

«Невозможное — возможно»,

«Сквозь тернии к звездам»,

«Я этого достойна»,

«Искусство спасет мир».

И, пожалуй, самую продающую:

«Мария Иванова: говорит и показывает».

4

В сложное время хочется простых радостей. Я решила сводить детей в Московский зоопарк.

Впервые я оказалась там в четыре года с папой Алешей. Он таскал меня на шее, и я не придумала ничего веселее, чем описаться.

Второй раз меня понесло в зоопарк на сносях — посмотреть на только что родившегося слоненка. Правильнее будет сказать — на слониху. Потому что беременность слона, если вы не в курсе, длится два года.

Третий раз мы отправились туда с маленьким сыном — изучать тюленей.

Четвертый — в конце непривычно тихого апреля, поглазеть уже с дочкой на розовых фламинго. Билеты недорогие — по восемьсот рублей за штуку.

Народу была тьма. Видимо, не я одна решила нивелировать тупую тревогу, не отпускающую с февраля, обратившись к животной природе. На каждом шагу продавали еду. Люди ели. Сладкую вату, хот-доги, пончики, мороженое, поп-корн, картошку фри, горячую кукурузу. Не интересно смотреть, как едят люди.

Я давно не была в толпе и поняла, что соскучилась по смешным обрывкам разговоров:

— Ну, выглядит она, конечно, плохо...

— Это ты ее еще не видела, когда она замужем была.

— А там не один кролик. Там много кроликов! Два.

— Масочный режим-то все, отменили. Идешь теперь без маски, как без трусов.

— За яйцами дважды пришлось бегать. Первые покрасил, а сварить забыл.

— Ну что вы все ругаетесь и ругаетесь. Сказали бы уже друг другу что-нибудь хорошее...

— Хорошее — только на похоронах. И то, пока трезвые.

Звери в основном сидели по норам. По скоплениям шапок и кепок возле вольеров можно было определить, что кто-то все же вылез и что-то даже, может быть, ест. Интересно смотреть, как ест животное. У одного вольера толпа была, а внутри — никого. Только дыры в стенах, одну из которых заткнули мочалкой. При ближайшем рассмотрении мочалка оказалась ленивцем двупалым. Надумаете помыться — берите ленивца.

В воздухе пахло весной и любовью. Кроме воздуха слоновника. Интересная, должно быть, жизнь у людей, чьи окна выходят на московский зоопарк.

25

Съемки сюжета про устриц я помню хорошо, в отличие от нашей попытки рассказать москвичам, где в окрестностях можно подышать свежим воздухом и прокатиться на лошадях. Этого я не помню совсем. Мне рассказали, что я сама попросила самую резвую лошадь — издержки имманентного максимализма. Кобылу звали Колбаса. Мы чинно трусили по лесу, как вдруг из кустов прямо под копыта выпрыгнул оператор. Кобыла Колбаса испугалась и понесла. Не совладав с ее аллюрами, я совершила кинематографичный кульбит и сотрясла мозг при ударе о землю.

Очнувшись, я не могла вспомнить ни год, ни число, ни коллегу Катю, ни съемочную группу. Факт работы на телевидении стал для меня откровением. И число — 25 июня.

Пока мы ехали в склиф, я то и дело спрашивала:

— Что случилось?

— Ты упала с лошади, — терпеливо отвечала коллега Катя.

— Как романтично, — восхищалась я.

В склиф приехал крупный интересный мужчина с большими руками. Это был будущий бывший муж Дмитрий. Я вспомнила, что мы с ним встречаемся. Он уточнил, что мы не просто встречаемся, а уже год как живем вместе.

Однако одну вещь я помнила отлично. Сумку. Кожаную коричневую сумку с металлической бляшкой. Не забыла я и сколько она стоила — пять тысяч двести рублей.

В полной потере ориентиров сумка была единственным, что связывало меня с реальностью.

Два года жизни так и остались тлеть на том месте, где я свалилась с кобылы Колбасы. Кое-какие воспоминания порой проступают, но это, скорее, аберрация памяти.

10 000

Случается и так, что вещи не уживаются с реальностью. У подруг Вики и Эллы на фоне объявления о начале специальной военной операции разрушилась сделка с душевой кабиной. Подруга Вика продавала душевую кабину за десять тысяч рублей. А подруга Элла хотела купить эту душевую кабину за десять тысяч рублей. Но раздумала и написала подруге Вике:

— Война на дворе. Не до кабин сейчас.

8

Поезда и самолеты способны менять время и материю. Кажется, что тело, преодолев километры с серьезным ускорением, в пункте прибытия собирается из миллионов рассыпавшихся в пути атомов в нечто неуловимо иное.

Единственный уцелевший «Макдоналдс» на Ленинградском вокзале заставил почувствовать себя не в прошлом (сын все уши прожужжал, что только там остались артефакты в виде буквы «М» на упаковке и биг тейсти), но и не в будущем. Мы оказались в странном настоящем. Пока я тыкала пальцем в электронное табло с запрещенкой, молодой человек за столиком заявил своей спутнице, жующей гамбургер:

— Надо было в «Бургер Кинг» пойти. И ближе, и больше, и дешевле.

Спутница сконфузилась.

Чизбургер был обернут в бумагу с рыжими полосками, напоминающими георгиевскую ленту. Буковка «М» действительно кое-где попадалась, но как-то совестливо.

Мы трапезничали перед поездкой к старым друзьям, в старый Питер, макая картошку фри в соус «Астория». Предстояло дотащить двоих детей и чемоданы до последнего, восьмого вагона. В восьмом вагоне я намеревалась рассыпаться на атомы.

Дочь пообещала, что, когда я подарю ей собаку, она назовет ее Сапсан.

4

У прадеда и прабабки было пятеро детей, один из которых умер в младенчестве, а другие выросли. Двое — для войны. Мишенька и Коленька. В 39-м прадед построил дачу в Подмосковье, где было четыре комнаты — для каждого из детей. В 43-м две комнаты оказались уже не нужны...

Дед Михаил был участником еще русскофинской, а погиб в январе 42-го при обороне Ленинграда. Могила его неизвестна.

Деда Николая в ноябре 42-го отправили под Сталинград. В феврале 43-го он был тяжело ранен и через три дня скончался в госпитале. Похоронен дед Николай на площади села Бобриково в Луганской области. Раньше там был памятник павшим воинам. Говорят, недавно эту площадь разбомбили.

Прадедовы братья бились за Москву в районе Дмитрова, штурмовали Берлин и воевали до 46-го, а прабабушкина сестра Валентина участвовала в битве на Курской дуге и в Сталинграде.

Все они выжили. «Валечка наша, правда, замуж так и не вышла». К многим женщинам, прошедшим жернова войны, относились без пиетета.

— Неизвестно, чем они там занимались, с мужиками-то, — поджала как-то губы и многозначительно выпучила глаза одна родственница во время семейного застолья.

Бедная Валечка после того, как несколько месяцев выходила из окружения по пояс в болотах, и детей иметь не могла.

Не суждено было продлиться и веткам Мишеньки и Коленьки.

И сколько таких оборванных, обрубленных, отстрелянных ветвей.

Девятого мая я вспоминаю своих. Я не хожу на шествия — не люблю толпу и начинаю плакать, когда слышу военные песни. ДНК помнит больше, чем мы думаем.

Пусть они навсегда останутся Мишеньками, Коленьками и Валечками, детскими, домашними, уютными, блаженными и не знающими того, что их ожидает.

120 000

Я живу в Подмосковье, в коттеджном поселке. Таком, знаете, с красивыми домиками, лужайками и туями, где все друг с другом раскланиваются при встрече и предлагают на досуге зайти на барбекю и бокал вина. Если вы думаете, что будни в подобном месте буржуазны и скучны, это не так. В наших краях опасно даже выйти на прогулку с собакой без целлофанового пакетика — обязательно сфотографируют и выложат в многотысячный чат, где еще неделю-другую будут перемывать непутевому хозяину кости. Пока не стрясется нечто еще более вопиющее — в чей-то дом не забежит ночью голая негритянка. Или нашкодивший малыш не покажет соседу, решившему снять его проказы на телефон, фак.

Впрочем, рядовая вылазка с барбосом может обернуться целым психологическим триллером, ничуть не уступающим кинодраме «Jagten» Томаса Винтерберга.

Одна дама вышла было на променад со своим чихуахуа. На него набросился ничейный пес и основательно его погрыз. Дама пожаловалась в местном чате. Жители оживились и разразились сочувствиями и комментариями.

— Бешеную собаку надо отловить, — предлагали первые.

— Это тебя надо отловить, живодер, — заступались за пса вторые. — Бешеную собаку надо приютить.

— О чем вы спорите?! — усмехались третьи. — Виновата хозяйка! Надо было чиха своего выгуливать на поводке, а то ишь, развели псарню.

Вечером судного дня супруг хозяйки чиха, не абы кто, а фельдшер скорой Валерий, который не раз оказывал соседям медицинскую помощь, не выдержал накала страстей и слез жены. Он напился, отыскал бешеного пса и нанес ему несколько ударов молотком по голове.

На следующее утро любители ранних моционов обнаружили окровавленного фигуранта дела в ближайшем водоеме. Животное выловили из пруда и отвезли в ветклинику, где стало ясно, что ему понадобится лечение.

— Откуда вы узнали, что это дело рук фельдшера? — интересовались первые.

— Так его детки видели бегущим за собакой! — потирали руки вторые.

— Врача надо уволить с работы! — требовали третьи.

— Нет, надо отпиздить его молотком, — жаждали крови четвертые.

Одна неравнодушная женщина поделилась этой некрасивой историей в фейсбуке и открыла сбор на реабилитацию пса. Чтобы не быть голословной, она тегнула еще не проспавшегося фельдшера скорой Валерия и прикрепила к посту фотографию забинтованной собачьей морды.

Не успели жители выпить утренний кофе, любуясь на свои туи, как пост разлетелся по фейсбуку.

«Сдохни, мразь!»

«Докторишку на кол!»

«Ничего, на зоне тебя в жопу выебут, сука».

Далее комментаторы уходили в обсуждение межнационального вопроса — фельдшер скорой Валерий носил нерусскую фамилию.

За сутки на лечение ничейной собаки собрали сто двадцать тысяч рублей.

— Это невероятно, — недоумевали местные волонтеры. — Они бы так жертвовали на лечение девочки Саши с ДЦП...

События продолжали разворачиваться с космической скоростью.

Семью фельдшера скорой Валерия нашли в фейсбуке и стали присылать ее членам угрозы физической и сексуальной расправы. Семья удалилась из цифрового пространства.

Выяснилось, что отец фельдшера скорой Валерия — батюшка в местном храме. От него немедленно потребовали отречься от креста.

На самого фельдшера скорой Валерия стали бросаться с кулаками на улице, плевать ему в спину и травить в сельпо. Собрав жену, детей, отца и домашний скарб, он уехал куда глаза глядят.

История попала на передовицы местных СМИ. В поселок приехала корреспондентка «Москва-24», но снимать было уже некого.

— Как там собачка? — поинтересовался чат через пару дней.

Неравнодушная женщина выложила фото спасенной дворняги, с аппетитом грызущей кость.

— Наш герой, — умилились первые. — Давайте назовем его Драко?! Он такой хулиган!

Неравнодушная женщина создала в фейсбуке собачью страничку. Жители и причастные к скандалу полайкали.

— А что-то мы не видели отчета о потраченных средствах — задумались вторые.

Неравнодушная женщина выложила чеки и счета от ветеринара.

— Какая вы молодец, — похвалили третьи. — Но где же будет жить Драко? Вы же возьмете его себе?

— У меня никогда не было собаки! — испугалась неравнодушная женщина. — У меня нет места, чтобы держать такого огромного пса!

— Мы в ответе за тех, кого приручили, дорогая. Или вы хотите выгнать больное беспомощное животное на улицу?

Неравнодушной женщине пришлось усыновить бедолагу Драко и водить его к собачьему психологу.

— Господа, вы звери, — очнулись четвертые. — Бешеная собака теперь живет на территории поселка! Сегодня она покусала чиха, а завтра набросится на вашего ребенка!

— А скорая к нам едет порой два часа,— подначивали пятые. — Кто, случись чего, будет оказывать ребенку первую помощь? Фельдшера-то у нас больше нет.

— И батюшки нет...

— Ах, мы совсем начихали на чиха! Он вообще жив?

— А это все эта, неравнодушная. Зоошиза.

Шестые позвонили в «Пусть говорят» и предложили снять передачу. Говорят, там даже согласились, но никто не решился явиться в студию.

Через неделю все обсуждали, где бы купить сладкий арбуз.

210

Люблю шум пляжа. Детские вопли, крики мамаш, чаек и шепот волн и обрывки разговоров. Если закрыть глаза и подставить лицо солнцу, кажется, что ты находишься в центре коллективного эгрегора. Вот о чем болтали летом 2022-го на Финском заливе, до которого можно добраться от станции метро «Черная речка» на автобусе номер 210.

Бабка молодой матери с двумя расползающимися детьми:

— А это все американцы. Взяли и стравили нас. И сидим теперь.

Женщина в черном купальнике женщине в желтом купальнике:

— Я тебе так скажу. Хочешь рожай. А не хочешь — не рожай.

Пышная дама в возрасте и панаме дедуле, похожему на Халка Хогана:

— Вот из-за твоих политических взглядов у тебя и друзей-то нет.

Женщина подруге:

— Купила Марку воздушного змея, радужного такого, а он говорит: ты что купила — это ж лгбт!

Девушки с младенцами:

— А у меня живот после родов так и не восстановился. Операцию надо делать. Кожу отрезать. Дорого.

— У, живот! У меня башка никак не восстановится.

Старушка-абьюзер в кнопочный телефон:

— Ну, как ты выглядишь? Хорошо? Или опять похудела?

90

Вернулась домой. На КПП коттеджного поселка повесили плакат с буквой Z, сложенной из георгиевской ленты. В пятитысячном чате провели опрос среди жителей: «Как вы относитесь к тому, что на КПП повесили букву Z?» Девяносто процентов ответили, что им все равно.

17

День рождения дочери решила отметить с размахом. Позвала гостей, заказала торт с принцессами и придумала фотосессию с шарами и в нежных платьях. Шары предусмотрительно заказала накануне. Их привезли уже надутыми. Семнадцать штук. Розовые, белые и серебристые.

Рано утром, нарядив сонную дочь, я отправилась тешить свои родительские амбиции. Захватила и сына, который ненавидит фотографироваться. Заманила перспективой поиграть с дочкой фотографа Риты. Запихала в машину автокресло, именинницу, ее брата, сумку с платьями и реквизитом. С шарами вышла загвоздка. Они скрипели, бились друг об друга, норовили вырваться из салона, но не лезли.

Я пыталась затолкать их в багажник, но там обосновалась коробка с новым радиатором. Пристроить на заднее сидение — все тщетно. Шары кое-как расположились на пассажирском переднем, закрыв мне своими круглыми упругими телами весь обзор.

Дети ныли, солнце начало печь, я злилась. Посовещавшись с сыном, решили взять лишь часть шаров. Отправились домой — отрезать от связки лишние.

— Классные у тебя сиськи, особенно, когда ты в футболке без лифчика! — отметил бывший муж Дмитрий, когда я, шурша шарами, появилась на пороге.

— Я со второго этажа смотрел, как ты корячишься. Шары, сиськи — это кинематографично. Это надо снимать.

— То есть ты стоял и наблюдал, как я укрощаю эти долбанные шары, и даже не подумал спуститься и помочь?! — уточнила я очевидное.

— Я бы нарушил гармонию, — парировал бывший муж Дмитрий.

Я все же отделила часть шаров. По дороге к машине сын предложил свою помощь.

— Неси, но только держи крепко, — напутствовала я.

— Ага, — пообещал сын и тут же выпустил их из рук.

Я не знаю, как это получается у детей.

Пришлось возвращаться за остальными.

Остальные, живые шары, едва оказавшись в доме фотографа Риты, повели себя разнузданно. Разлетелись в разные стороны, стали скакать по потолку.

Но фотограф Рита, мудрая змея, нашла на них управу и привязала к яблоку. Получилось красиво.

Мы расстелили во дворе плед, усадили на него дочь, инсталлировали декорации. Дочь тут же схватила яблоко и откусила солидный кусок. Бумажная ленточка соскочила...

— Шары-ы-ы улете-е-ели! — зарыдали старшие дети.

Розовые, белые и серебристые.

Родительские мои амбиции.

Несостоявшиеся сусальные фото в сторис.

Дочь смеялась.

4

Бабушка Нина была молчалива, но испытывал тягу к эпистолярному жанру. Она писала письма, в которых довольно складно с литературной точки зрения излагала свои претензии к людям и миру в целом. Она жаловалась в министерства, общественные организации и государственную думу. Взывала к совести депутатов, чиновников, губернаторов, президента и моей учительницы по немецкому языку. Письма были длинные — свободного времени у бабушки Нины было много. Если бы в то время существовали жж и социальные сети, она бы точно стала блогершей-миллионщицей.

В письмах, адресованных мне, бабушка Нина отмечала недостатки моего характера и хулила за пристрастие к алкоголю и неправильным людям. Но однажды она вручила мне конверт с письмом, в котором было всего четыре слова:

«Лена, бойся Ксении Собчак».

23:59

С химией дела у меня обстояли неважно. Ее вела Роза Гороновна Морозова из гороно. Преподавала она спустя рукава — мешало гороно, которое вскоре поглотило Розу Гороновну целиком.

Мою слабую химическую базу унаследовала другая учительница. Я не помню ее имени. У нее была длинная седая коса и три дочкипогодки. Тоже с косами только каштановыми, с красивым золотистым отливом.

Химичка довольно быстро поняла, с кем имеет дело, и разрешила списывать домашку и самостоятельные у соседа по парте. «Пишите лучше, Леночка, свои рассказы, раз вам это нравится», — говорила химичка.

8 сентября 1999-го года в 23 часа 59 минут 58 секунд она погибла под обломками собственного дома на улице Гурьянова, взорванного

террористами. Вместе с тремя дочками. Всего жертвами теракта стали сто шесть человек. Многие просто уснули и не проснулись. Возможно, удивленные таким неожиданным поворотом дела, души их еще долго витали над бульдозерами и экскаваторами, разбирающими месиво из тел, бетона, арматуры и ставшего в одно мгновение неприглядным бытом: кухонными гарнитурами, уголками, стенками, коврами, обломками бытовой техники, матрасами, утварью, детскими игрушками, тетрадками, книгами и всего, из чего строятся хрупкие миры, испытывая лишь легкое недоумение.

Я узнала о теракте, когда вернулась домой из универа.

Позвонила бывшая одноклассница. Говорит:

— На Гурьянова дом взорвали. Дают бесплатную пепси и макароны с мясом. Поехали — пожрем, позырим?

И мы... поехали.

39

В детстве я боялась покойников, Папа Алеша, узнав об этом, заявил, что бояться надо живых, не мертвых. И предложил ночью прогуляться с ним по кладбищу.

Я согласилась. На кладбище не произошло ничего экстраординарного.

А потом папа исчез на два года.

Писал мне письма, рассказывал, что он в командировке.

Я тоже ему писала, рассказывала, что учусь в третьем классе. Что у меня есть щенок.

Случайно подралась с одноклассницей. Не помню даже из-за чего. Училка организовала классный час и решила заодно предать меня анафеме:

— А что тут удивляться, ребята. У Козловой же отец сидит в тюрьме. Яблочко от яблони...

Папа Алеша сбил на машине человека. Меня берегли и не рассказывали.

Я возвращалась из изостудии. И у подъезда увидела его. Лысого. Бросилась к нему, обняла. Папа смеялся, у него не было передних зубов. Я нашла его очень красивым.

Он сидел под Семипалатинском, работал с радиоактивными отходами. Подорвал здоровье и не смог восстановиться. Умер в 39.

Он приходит ко мне во сне, мой дружочек, я не боюсь теперь ни мертвых, ни живых.

3 000

Бывший муж Дмитрий никак не мог съехать от меня навсегда. Пришлось съехать мне. В деревню Щелыково к школьной подруге Лизе. Как же хорошо жить с женщиной!

Домой приходишь, а там — салатик с брынзой, булгур с овощами, дачные цветочки в вазочках.

Баньку истопили, деток разморили веничками и по люлькам их, по люлечкам.

Тишина. Только слышно, как жирные шершни бьются в окна. Дети утверждали, что их две, нет, три тысячи.

— Три тысячи шершне́й! — радовались дети.

Вечером можно посмотреть сериал про маньяка или поболтать о разном: скворечнике, в котором поселилось три тысячи шершней, или домашнем змее Шпакле, переставшем вдруг жрать. О законах странных, о феминистках-мошенницах, о запрете абортов в США. О том, что надо бы валить, а вроде и не надо. В лом. Но паспорта еврейские все же сделать стоит. А, может, ну их, паспорта эти. Поди еще докажи, что ты еврей. Вспомнить смешное и странное о родителях. Посплетничать, конечно, про знакомых. Жаль, соседей не обсудишь — в Щелыково один сосед, дядя Боря. Нет конфликта.

А шершни стук-стук, падают на подоконник. Шуршат крыльями и брюшками по дереву и снова взлетают.

В ночи можно найти медитативное занятие — шкурить табуретку. Это довольно утомительно, но ритмичные движения успокаивают. Я думала покрасить ее в серый. Школьная подруга Лиза сказала, что серого нет и предложила терракотовый — остался от пола. Я согласилась. Пускай терракотовый.

Пошкурив табуретку, хорошо упасть в прохладную одинокую постель. Когда-то слуги барам специально нагревали белье своим телом. Это лишнее. Постель должна быть прохладной, как река. Можно спать, раскинувшись, в самой нелепой позе и от бесчувствия этого пустить слюни на подушку. И так до десяти утра. До вечности.

Пока чей-нибудь ребенок не прыгнет в кровать и не закричит:

— Дядя Боря пришел! Будет скворечник с шершнями с дерева сшибать!

42

В день, когда в России объявили частичную мобилизацию, соседка Инка достала из холодильника замороженную черную икру, а из бара — бутылку коллекционного белого вина за сорок две тысячи рублей. Села, съела и выпила.

Инкин муж тоже запаниковал и попытался заказать телевизор за двести тысяч рублей в новый дом, который был только на стадии проекта. Но хитрая соседка Инка отговорила. Пообещала купить ему этот телевизор, когда дом все же будет готов.

Деньги жгли инкиному мужу руки. Он заказал грузовик плитки.

171

Ехала в город на автобусе номер сто семьдесят один. Слышала там много драматичного.

О возрасте:

— Ну, ей за сорок. Замуж, конечно, хочет. А сама приходит из столовой и как-то знаешь пахнет от нее этим борщом...

О профессиональных приемах:

— Когда тебя начнут пытать, ты сразу сознание теряй. Мне один фсбэшник рассказал, их этому специально учат. Тебе ноги ломают, а ты брык — и ничего не чувствуешь.

О самореализации:

— Я магазин цветочный открыла. Икебаны делаю. Скоро елочные композиции начну. Обучение прошла. А она ничем не занята!

— А она просто замуж удачно вышла.

О времени:

— Через сколько приедем?

— Через полчаса.

— В смысле, через тридцать минут?

— Это одно и то же.

— Нет, тридцать минут звучит быстрее.

2

В детстве у нас с подругами по даче Наташей и Иришей было две любимые игры.

Первая — похороны.

Панцирная кровать превращалась в гроб. Мы ложились туда по очереди. Сначала подруга Наташа как самая старшая. Затем я. Наконец, подруга Ириша как самая младшая. Покойница облачалась в белый тюль, изображающий свадебное платье. Складывали руки на груди, а между большими пальцами зажимала свечу — все как положено. Остальные выступали в роли скорбящих родных. Подходили к гробу и произносили сокровенные слова любви, которые не были сказаны при жизни. После прощания новопреставленную накрывали простыней и посыпали горстками земли. Клали в гроб и цветы, по две штуки. Пионы, лилии, флоксы или астры — смотря, какой месяц лета. Флоксы пахли мертвечиной. Нам нравилось умирать. Это был психотерапевтический косплей.

Вторая игра — война. Нет, не войнушка, в которую резались бессмысленные мальчишки, с этой беготней и стрельбой из игрушечных пестиков. Война. Мы играли в женщин, выживающих в тылу. Оборудовали в кустах жасмина шалаш, притащили туда старые стулья из гаража. Соорудили из них кроватки для кукольных детей. Варили военную кашу из песка на кирпичах, изображавших плиту. Повидло из незрелого крыжовника. И делали салат из листьев одуванчиков. А цветами украшали глиняные торты. Нам было трудно. Постоянно хотелось есть. Над головой летали вражеские самолеты и сбрасывали на нас бомбы. Мы укрывались от них в густых кустах, растили детей и ждали своих.

Мне будто снова шесть, и я играю в войну в жасминовом шалаше. Заливаю песок водой и размешиваю. Украшаю прозрачными ягодками красной смородины. Рву траву и режу ею пальцы. Толку палкой крыжовник и ставлю игрушечную кастрюльку на воображаемую плиту. Я готовлю для своих кукол, а где-то там рвутся снаряды и небо озаряют всполохи взрывов.

Я знаю, что скоро меня позовут домой. Я очнусь от игры и побегу из шалаша по остывающей дороге, чувствуя прохладу приближающейся ночи. В траве будут зудеть комары, а под ноги прыгать коричневые лягушата. Закрывшиеся полевые цветы, темные лепестки клевера, кружева паутины на стеблях и камни, некоторые с отпечатком древних морских раковин — все это будет так хорошо и близко видно и так остро чувствоваться, как это бывает только в шесть. Дома меня будут ждать родные и обязательный вечерний преферанс под теплым оранжевым абажуром. И собака с бородой, испачканной в супе.

14

Я много размышляла о том, как умудрилась к сорока годам оказаться женщиной с двумя детьми и без какого-либо мужа. Ответы на мои вопросы находили неожиданные люди.

Сломалась стиральная машина. Вызвала сантехника Сергея.

Пришел.

Хмурый.

Пару лет назад сантехник Сергей предложил мне приобрести у него умягчитель воды. Я отказалась, и сантехник Сергей с тех пор в обиде.

В какую бы трубу сантехник Сергей не заглянул и какой бы фильтр не исследовал, он всегда восклицает: «И кто ж вам это делал?!».

Прощаясь, сантехник Сергей заявил, что все проблемы в моей жизни оттого, что у меня нет умягчителя.

Прораб Анатолий мыслит шире. Географичнее.

Любой разговор прораб Анатолий начинает с фразы: «Был я как-то в Лас Вегасе...»

Если прораб Анатолий не рассказывает про Вегас, он вспоминает про «Грибки»:

— Ну как, ездили в «Грибки»-то? Там плитка клинкерная неплохая. Поезжайте в «Грибки»! Четырнадцать километров всего...

— Это что? В «Грибках» брали? Почему не в «Грибках»? Четырнадцать километров не можете проехать?

— Был на днях в «Грибках». В четырнадцати километрах всего...

— Отправил своих гавриков в «Грибки».

«Грибки» то.

«Грибки» се.

И главное: «Это, Елена, все потому, что вы так и не были в „Грибках!"»

И тут подмастерье прораба Анатолия не выдержал и вспылил:

— Да заебал ты со своими «Грибками»!!!! Вот я вчера джакузи в Бибирево устанавливал...

Все еще сомневаюсь насчет умягчителя, но в «Грибки», подозреваю, пора. Четырнадцать километров — и я там.

777

Обедали с приятелем в хинкальной «777» на Пироговке. Он выглядел счастливым. Сообщил:

— Зарплату не дали. Но дали бронь.

1905

Поездки в метро в час пик научили меня одной важной вещи. Когда двигаешься против потока, нельзя встречаться с людьми взглядом. Надо переть вперед с каменным лицом и смотреть только внутрь себя. Происходит чудо — люди расступаются и дают тебе дорогу.

Полезный навык не сработал только однажды. Спускаясь по лестнице на станцию тысяча девятьсот пятого года, я попала в толпу китайских пенсионерок.

Так что вывод простой: идти, не глядя. Избегать китайских старух.

500

Релоцировались соседи.

Продавали и отдавали в добрые руки животных и растения.

Собак, котов, хомяков, рыбу комету, жабу-агу, улиток-ахатин, палочников, муравьиную ферму.

Юкки, драцены, брахеи, вашингтонии, фикусы бенджамина, спатифиллумы...

Я стала обладательницей изумрудной монстеры в бетонном горшке, двух разнокалиберных красноухих черепах неопределенного пола и шиншиллы, за которую отдала символические пятьсот рублей.

40

Накануне сорокового дня рождения проглотила штырь от зубного импланта. Наконец-то почувствовала себя женщиной со стержнем внутри.

В этом возрасте принято выкладывать в социальные сети фото, которому можно и позавидовать. Именинница стоит или сидит в красивом платье в окружении смеющихся детей. На фоне камина, увенчанного семейными фотографиями, розовых кустов или дубайских небоскребов. И надежного, как шведский холодильник, мужчины. Где-то там, за границами фото, воображение пользователя социальной сети дорисует и нестыдную карьеру, и интерес к духовным практикам, и симпатичные увлечения вроде метафорических карт или пленочной фотографии.

Именинница пишет, что жизнь удалась и вообще «только начинается». Отмечает достижения, делится намерениями и принимает поздравления, присыпая благодарности пульсирующими сердцами.

Именинница состоялась.

У меня не было такого фото. Не было камина и сада. Я не могла полететь в Дубай — мне запретили выезд из-за долгов. Не было мужчины. И даже дома, который мог бы стать приличным фоном для знакового юбилея. Я не могла его доделать.

А как тут доделаешь, утешала себя я, когда в санузле на первом этаже вспух пол?! Рабочие что-то там не так провели и проложили. Зато теперь я знаю все про гидроизоляцию. Придется покупать ванну на второй этаж. Сейчас там склад всякого барахла. Где бы я не жила, у меня непременно появляется комната, куда перекочевывает хлам... Стол деревянный складной, стулья пластиковые, весы напольные, тренажер для пресса, степпер, увлажнитель воздуха, качели для младенцев, коляска прогулочная, мультиварка, овощерезка, отпариватель, вафельница, набор для фондю. Шубы. Ковер. Коробки. Что в них, я даже не помню.

Бежать за ванной надо немедленно. И мыться в ней, пока очередной сантехник будет бубнить «Кто ж вам все это делал?» внизу в клубах цемента... Потому что на днях из слива в душевой на первом этаже вылезла пиявка! Самая настоящая медицинская пиявка. У меня такая жила в баночке. Я цепляла ее к больной спине. Пиявка прилежно сосала и раздувалась. Ее гусеничное тело отливало сытым блеском. Гирудотерапевт Любка велела выбросить пиявку после нашего с ней соития. Но мне стало ее жалко. Кто-то должен пить и твою кровь. Для равновесия. Пиявка вскоре сдохла, и я вылила ее с водой в унитаз.

В сорок вся традиционная медицина бессильна.

Пока я над всем этим размышляла и решила, что барахло можно вынести, в общем, не глядя, дети обзывали друг друга какашками. Нет, так-то они дружат и им есть о чем поболтать. Но какашки — беспроигрышная тема. И интересно, и содержательно.

— Ты какашка!

— Нет, ты какашка.

— Нет, это ты какашка!

— Нет, ты!

Я вспомнила, что до сих пор не узнала, какая фамилия у учительницы сына. Это было необходимо для срочной регистрации на очередном школьном портале. И надо еще заскочить в магазин за снеками в школу — в тамошней столовой пахнет так, что хоть святых выноси.

Сын попросил сделать ему бутерброд с колбасой, но отказался его есть. Не той формы хлеб. Он любит квадратный, а этот — овальный.

Я села и разрыдалась. Сорокалетняя женщина со стержнем внутри и овальным хлебом снаружи. Сын тут же принес пылесос и навел трубу на диван — собирать крошки от печенья. Дочь заверила, что я у нее золотая мамочка, а они у меня — золотые дети.

— Где же мы раньше, мама, были друг у друга? — спрашивала дочь.

Я еще поревела и призналась детям, что мне сорок. И попросила их не тратить жизнь на ерунду, а делать только то, что доставляет радость. Но спохватилась, что через полчаса у них вообще-то танцы, и мы бросились собирать чешки, туфли, юбки и блокнотики для наклеек за прилежание.

В сорок лет мне совсем не о чем торжественно строчить в соцсетях. Да и время не торжественное, впрочем, обнажившее, кто мы есть.

Выложила фото себя, валяющейся на кровати. Когда лежишь, лицо разглаживается. Получается красиво.

28

Мы затеяли «Голый номер». О правде. Лютовала зима 2011-го года. Люди маршировали по центральным улицам города с белыми лентами. Божена кричала из автозака: «Снимайте, я — Божена». Меценат Павел попросил быть поаккуратнее с правдой и укатил в Испанию.

Концепция предполагала, что все герои номера обнажены и говорят, что думают. Герои соглашались. Однако, упросить известного человека раздеться для обложки оказалось делом хлопотным. К тому времени голое тело вышло из моды, скандалы и секс больше не продавали. Кругом говорили про новую искренность, интеллект и бодипозитив. Дизайнеры одежды ушли от гипюра и блесток и сосредоточились на асексуальных робах. Сняться ню для обложки номера о правде согласилась только актриса Юлия, которая стала популярной благодаря участию в фильме Германики. На интервью она трогательно рассказывала про детство в деревне и корову Мурку. Призналась, что всю жизнь мечтала не играть в театре и кино, а петь. И прекрасно исполняет джаз. Только об этом никто не знает. Но актриса Юлия верила, что еще немного и она заявит о себе. Читая интервью, главред Ирина спросила:

— И сколько ей лет?

— Двадцать восемь, — вспомнила я.

— Гм, мне казалось, что двадцать восемь — это возраст, когда пора распрощаться с иллюзиями, — вздохнула главред Ирина.

Других выдающихся ролей у нашей обнаженной героини не было. Не было их и у нас с главредом Ириной. Журнал закрыли. Мы родили. И сами превратились в кандидаток с вечно болеющими детьми, которые умоляют работодателей позволить им трудиться из дома.

Я повела сына на спектакль в «Гоголь-центр». Зал был почти пустой, как это случается на постановках с бесплатными билетами. Первый ряд заняли воспитанники интерната для инвалидов. Мы сели в самом центре. Дети недружно захлопали. Сын спросил, можно ли ему поиграть пока на телефоне. Я возмутилась и не разрешила. Занавес разошелся. На сцене стояла актриса Юлия в темно-синем вечернем платье. Заиграл джаз, и она запела колыбельную Медведицы из мультфильма про Умку. На первом ряду шуршали фантиками. Пахло мандаринами. Больше я никогда не видела актрису Юлию.

С иллюзиями нельзя прощаться.

Подруга Наташа получила в подарок от бабушки Зоки пианино «Красный октябрь». Каштановое, лакированное, с двумя упругими педалями с золотой патиной. Крышка была в темных, слегка размытых продолговатых полосах и напоминала тигровую шкуру. На нем никто не играл — подруга Наташа была травмирована учебой в музыкальной школе. Стать олдскульной деталью интерьера у трофея бабушки Зоки тоже не вышло. Так и стояло в углу. Подруга Наташа время от времени подумывала пианино продать или отдать знакомым. А может, просто выволочь к помойке у подъезда — вдруг кому пригодится.

Бабушке Зоке исполнилось девяносто семь. Она перестала убираться в квартире, поливать свои алоэ и каланхоэ, узнавать близких и принимать пищу. Слегла.

Умирая, бабушка Зока пришла в ум и память и твердым голосом произнесла:

— Наташа, не вздумай продавать пианино.

— Почему, — спросила подруга Наташа.

— Когда умирал твой дед, он сказал: «Зока, если Наташа решит продать пианино, запрети ей».

После смерти бабушки Зоки подруга Наташа все же записала дочь в музыкальную школу.

Друг Вадим поделился, что не против поучаствовать в военной операции:

— Понимаешь, Лен, я устал. Устал тащить на себе все.

Тащить Вадиму, действительно есть что. Жену со стрижками за двадцать косарей, двух дочерей с кружками, одного сына с аутическим расстройством, маму с анализами и ипотеку с регулярными платежами.

— Ипотека, Лена, семьдесят тысяч рублей в месяц!

Пошел в военкомат, но его не взяли. По состоянию здоровья.

Юная леди делилась в трамвае с попутчицей:

— На работу вышла. Продвигаю инстаграм с украшениями. Цены там... сережки из говна по двадцать тысяч. Ну вот скажи, неужели их кто-то купит?

— Может, и купят... Я бы не стала.

— Но родителям помогать надо, пожилые уже, им работать тяжело.

— А сколько родителям? — уточнила попутчица.

— Маме сорок один.

Galina приглашает вас вступить в группу «Мобилизация».

Вступила.

— Жизнь каждого бойца — в наших руках, — пишет волонтер Galina.

Как можно спасти жизнь бойца?

Собрать вещи.

Берцы, тепловизор, палатку. Спальный мешок, балаклаву, газовую горелку. Фонарь, часы, батарейки. Пауэрбанк, дождевик, на рукава наклейки.

И полевую аптечку.

Обезболивающее, кровоостанавливающее, противовирусное. Бинты, прокладки, жгуты.

Привезти продукты. Есть специальный пункт. Адрес — в закрепе.

Консервы, макароны, крупу. Соленья, варенье, печенье. Конфеты, чай, кофе, сигареты. Лапшу быстрого приготовления.

Перечислить деньги. Хотя бы тысячу рублей. В группе народу пять тысяч.

— Если каждый пожертвует хотя бы тысячу рублей, победа будет за нами, обещает волонтер Galina.

Отлить для бойца окопную свечу. В жестяной банке.

Школы и сады уже отдают мешки оставшейся от завтраков и обедов жести. Из Москвы и области везут огарки свечей — на переплавку.

Один завод прислал волонтеру Galina сто килограммов парафина.

А банок не хватает... Но их можно купить вместе с консервированным горошком. И, съев содержимое, сложить в пакет у ближайшего магазина.

— Только чистыми. Грязные привозят свиньи, — напоминает волонтер Galina.

Мы свои помыли, — божатся в чате. — Особенно те, что от трески.

План по банкам выполнен! — сообщает волонтер Galina.

Или собирать для бойца картонные коробки. Зачем? Из картона добровольцы нарежут фитилей для окопных свечей. Кропотливая работа. Присоединяйтесь.

Чат бережет картон.

Сплести для бойца защитную сетку. Из ткани oxford 402, поищите на озоне. Зеленой, но лучше белой — на фронте выпал снег.

Одна женщина проводит мастер-классы по плетению защитных сеток. Вот и фото. Улыбающиеся женщины сидят и плетут. Желающих много, стоит предварительно записаться.

А вообще, плетение защитных сеток обсуждают в группе «Плетение защитных сеток». Напишите, и вас добавят.

— Не забываем про тысячу рублей. Сбор идет туго. Победа должна быть за нами, — напоминает волонтер Galina.

Газели, груженные вещами, свечами, таблетками, сетками едут в Белгородскую область. За «красную ленточку». Там их встречает боец. Закрывая лицо, боец говорит, что только поддержка простых людей, таких, как волонтер Galina, дает ему веру в победу и силу.

Чат вспыхивает сердцами.

Ловите видео. Оно поднимет дух. Люди в масках и бронежилетах бегут и стреляют. Ползут и стреляют. Ракеты летят. Танки идут. Церковные кресты крестят. Кадило кадит. Женщины ставят перед иконами свечи. Дети машут ручками вслед поездам с бойцами.

С бойцами Господь.

— Мы должны встать и идти, — напоминает волонтер Galina. — Победа будет за нами. Тот, кто не переведет хотя бы тысячу рублей, будет удален из группы.

Чат переводит. Я тоже перевела. Мне, как и многим, было важно знать, что же по-настоящему происходит в той части разбитого мира, про которою в новостях говорят, что там «все под контролем».

30-30-60

Двадцать восемь, двадцать девять, тридцать. Есть подход. Верхний пресс готов. Десять секунд отдыха.

Верх блаженства моей дочери — залезать мне под большие свитера, в которых я хожу дома, проводить рукой по животу, прижиматься к нему и шептать:

— Мамочка, я так люблю твой мягкий животик.

Я, в отличие от дочери, не разделяю восторга по поводу его мягкости.

Один, два, три, четыре. Ладони под ягодицы. Ноги прямо. Отрываю от пола. Прорабатываю нижний пресс. Двадцать девять. Тридцать. Десять секунд лежу.

— Мама, — с укоризной замечает дочь, куда исчезает твой мягкий животик? Что же я теперь буду гладить?

— Хочу жесткий! — капризничаю я.

Один, два, три.... Шестьдесят секунд в планке. Чувствуется напряжение, дрожат косые мышцы. Минута прошла. Падаю на мат.

— Мама, сначала у тебя исчезли тити, теперь животик... Не уходи, не уходи, мама. Ты пахнешь моим детством.

Еще два подхода.

27

Сын заявил, что, когда вырастет, не станет искать себе жену. Я возразила, что жена вполне и сама может его найти. Сын забеспокоился и пообещал, раз такое дело, организовать себе бункер, спрятаться там и вывесить табличку: «КАРАНТИН». О, беззаботное ковидное время...

Через пару лет мне в почту прилетела карта с локациями подмосковных бункеров и убежищ. На случай бомбардировок. Их немного — двадцать семь.

Я жила во Вьетнаме, и у меня появились слабости. Кальмары с местного рынка. Да и сам рынок. У входа — лавки с корягами. Под ними — похожие на коряги тощие псины. На прилавках — куриные лапы, головы неземных существ, специи, палочки лемонграсса, готовые рыбины, запеченные в фольге с кружочками чили. Под ногами — потроха, рыбья жижа, креветочный хитин.

Еще одна слабость — вьетнамское телевидение. Двадцать пятый новостной канал.

Ведущие в фейковых костюмах Chanel рассказывают о том, как прекрасно жить во Вьетнаме.

Вьетнамская рожь колосится и рубится в жерновах азиатских комбайнов.

Заводы стреляют в небо трубами, исторгающими белый выхлоп сытой жизни.

Фабрики производят стопроцентный коттон.

Вьетнамский пионер совершил какой-то подвиг. Вот и папу его показали, и самого пионера. Развевается красный галстук. В кадре скромный, но нестыдный быт семьи. Суровый отец — хорошего сына воспитал. Белые стены, вид на трущобы, рис на столе.

Но вдруг лица ведущих нахмурились.

Не все спокойно в стране.

Видеокамера стала свидетелем страшного преступления.

Мафия украла пальму вместе с горшком из ресторана в центре столицы.

Огни полицейских байков, протоколы, опрос свидетелей.

Негодяев поймали, пальму вернули. Все хорошо. Ведущие улыбаются.

Новостные выпуски принято заканчивать чем-то легким, смешным и воодушевляющим. В стране инфляция, наводнение, лесные пожары, национальная валюта падает, заболеваемость ковидом растет, но вот, посмотрите, из канализационного люка спасатели достали живого котенка. На телевизионном сленге такой сюжет называется «бантик».

«Бантиком» военного настоящего стала история медведя-инвалида Диксона, который чуть не погиб от пуль браконьеров. С не меньшим интересом я слежу за приключениями манула Тимофея из московского зоопарка.

30

Купила свежий лосось. Обжарила на сковороде тост. Поставила на огонь ковшик с водой. Налила в него немного уксуса. Взяла ложку с длинным черенком и стала размешивать воду, пока не образовалась воронка.

Разбила в воронку сырое яйцо. Тридцать секунд — и получилось яйцо-пашот. Выложила на тост песто толстым слоем. Сверху - коралловые кусочки рыбы. Аккуратно, чтоб не повредить тонкий белок, пристроила яйцо. И веточку зелени.

Сфотографировала. А выложить и некуда — в запрещенной социальной сети меня заблокировали.

Оживился телефон. Пишет брат Вова: «Пришла повестка».

Проткнула яйцо вилкой. Из него на лосось, на песто, на тарелку, как лава, потек желток.

130

Болтали с красивой актрисой Марией. За разговором она ела салат с ростбифом с таким аппетитом и жизнелюбием, что я заказала себе такой же. Спросила, на что она потратила первый гонорар.

— Не поверишь, еще больше оживилась актриса Мария. — На пластиковые окна. Сто тридцать тысяч рублей! Все соседи уже установили себе пластиковые окна. И только мы жили со старыми, деревянными…

— Не пожалела потом?

— Я и сейчас жалею. Ну, представь — наша убогая квартира и… пластиковые окна. Лучше бы на море поехала.

35

В военкомате брату Вове дали два дня на сборы. И намекнули, что снаряжение и медикаменты лучше купить самому. Я спросила у брата Вовы, есть ли у него возможность «откосить». Его презрение к моему вопросу чувствовалось даже через телефон.

— Я пойду. Это мое решение. Ты — женщина и не разбираешься в войне, — добавил он. — Я не буду бегать и прятаться.

Я не нашлась, что ответить.

Вспомнила про волонтера Galina.

— Девочки, женщины! Брата мобилизовали», — написала я в чате. Чат оживился и развел деятельность. Сделать жизнь человека на фронте выносимой помогут 35 вещей. Собрали их за сутки:

1. Рюкзак.
2. Лежак.
3. Берцы.
4. Термобелье.
5. Балаклава на флисе.
6. Термоноски.
7. Прокладки.
8. Дождевик универсальный.
9. Сапоги (мембрана).
10. Жгут (эсмарха).
11. Бинты стерильные.
12. Шприцы, 5 мл.
13. Фонарь диодный.
14. Батарейки типа АА, ААА.
15. Альпинистский карабин на 100 кг.
16. Маскирующий халат.
17. Маскирующую сеть.
18. Наколенники.
19. Омепразол.
20. Нимесулид.
21. Стрептоцид (в порошке).
22. Вазелин.
23. Консервы.
24. Клотримазол
25. Лоперамид
26. Ибупрофен
27. Анальгин

28. Антибиотик
29. Активированный уголь
30. Ср-во от кашля
31. Пластырь в рулоне.
32. Пятиточечник
33. Спальный мешок -30°
34. Влажные салфетки
35. Клей «БФ».

Я еду в такси и везу брату Вове рюкзак на точку сбора. Рюкзак здоровый и неудобный, но поместился на заднем сиденье. Я твержу себе, что все эти вещи в рюкзаке — для защиты, а не для убийства.

Я недоумеваю, почему сбором снаряги и бинтов для военной операции занимаются женщины. А в свободное от сборов время печатают кровоостанавливающие жгуты на домашнем 3D-принтере.

Я понимаю, что не поддерживаю бойню, но и не привезти брату Вове рюкзак на пункт сбора я не могу.

Я будто парю над собой и вижу нас с рюкзаком такими крохотными на заднем сиденьи машины, которая мчит между заснеженных елей и придорожных кустов. Я сижу, ссутулившись, и набираю в заметках телефона этот текст. Я держу телефон близко к лицу. Надо, наконец, найти время и сделать операцию по коррекции зрения...

Я хочу зафиксировать этот момент. Потому что завтра, через месяц, через год все это уже будет не важно.

Я думаю, пригодится ли брату Вове рюкзак.

Где и в каких полях он будет месить землю новенькими тяжелыми берцами?

Спасут ли кого-то жгуты, напечатанные на 3D-принтере?

Согреет ли китайский спальный мешок?

Сколько из этих вещей сгинет бесследно в разверзнувшейся хтони вместе с людьми?

Историю последних лет легко можно проследить по истории покупок на озоне.

Шпатлевка — обои рулонные — телевизор плазменный — памперсы ноль плюс — бассейн для сада — электрогриль — тетради в клетку — колготки детские — жгут Эсмарха — бронежилет.

В любой ситуации убаюкивай себя покупками. Кликай кнопку «оформить заказ», взмахивай картой на кассе — и наркотик, зависимость от которого росла со временем пропорционально толерантности к нему, в твоей крови. Пустоты нелюбви заполнены. Вчера — кофемашина, сегодня — бронежилет.

С точки зрения оголтелого потребления разница невелика. Это эпоха без декаданса.

О своих переживаниях насчет брата Вовы я рассказала другу Алексею.

— Ты не волнуешься за него. Раньше ты никогда не вспоминала о брате Вове и вдруг он возник. Ты просто хочешь внимания.

Я задумалась.

Брат Вова написал, что у него все хорошо. Государство его укомплектовало. Но мой рюкзак тоже пригодится.

Известно, что настоящая женщина всегда должна быть на высоте. Моя высота казалась мне недостаточно высокой, и я решила нарастить реснички. Процедура это небыстрая. Два с половиной часа я дремала на кушетке под простосердечный рассказ лэшмейкера Насти о своем профессиональном пути.

Детство было трудное. По настоянию мамы она провела его в кружках и секциях. Занималась тхэквондо, каратэ, вокалом, художественной гимнастикой, бальными танцами, хип-хопом, ментальной математикой, рисованием, лепкой из глины, робототехникой, оригами, программирование, китайским языком. Мама надеялась открыть и развить в дочери талант и прочила ей МГИМО. Или театральное. Актеры, наверное, хорошо зарабатывают.

— А мне реснички интересны, — призналась лэшмейкер Настя.

— Что же в них такого? — очнулась я от летаргии.

— Как это что? Реснички, как и брови, делают лицо. Вот приходит ко мне клиентка без лица. А уходит с лицом. Сейчас, правда, мода на них спадает. Раньше просили двойной, а то и тройной объем, а сейчас, как вы, - понатуральнее. Но это хорошо — меньше ресничек уходит.

Я спросила, сколько ресничек ушло на меня. Лэшмейкер Настя ответила, что триста двадцать штук.

Да, я живу в недостроенном доме. Кто бы ни приходил в гости или так, из любопытства, обязательно говорит:

— Ну, ничего. Все постепенно.

Постепенно я доделывала ремонт и покупала мебель. Ванну угловую, стеллажи книжные, стол обеденный, шкафы детские, диван кожаный, тумбы прикроватные.

В марте я осталась без работы. Телеканал приостановил выпуск развлекательного контента. Издательство, где я редактировала литературу, переориентировалось на психологический контент по самопомощи.

Постепенно таял банковский счет. Летом я стала продавать свои трофеи — сумки луи вюттон. Оставила себе самую маленькую — на память. Вырученные за них деньги ушли на оплату долгов, а вот на коммуналку не хватило — сумки закончились.

Осенью в доме отключили свет. Электрик по требованию управляющей компании повесил в общем щитке на улице хитрый замочек, который ограничивал количество потребляемой энергии. Я взмолилась, и электрик научил меня его снимать, снабдив специальным ключиком. Мы с электриком перемигивались, когда встречали другу друга на улице.

В декабре крыльцо завалило снегом. Неожиданно. Я не смогла открыть входную дверь. Пришлось вылезать в окно и лопатой раскапывать себе путь. Крыльцо необходимо было остеклить. Каждое утро я просыпалась в шесть с пульсирующей в районе пупка тревогой и думала, где найти деньги на крыльцо. Оно поглотило меня. Мне нравилось думать о крыльце. О том, как я сделаю его теплым и какую положу плитку на пол. Мне хотелось серую. Широкоформатную. Шероховатую. Я придумала, что подвешу на своем остекленном крыльце диван-качели. И мои дети будут на нем качаться.

Когда выносить реальность становится невозможным, мы находим спасение в привычных делах и простых движениях. Погружаемся в быт. Все на местах. Все, как обычно. Все хорошо. Надо составить список продуктов. Надо составить список...

Неожиданно вышел приказ оборудовать подвалы многоквартирных домов в московской области под бомбоубежища. В нашем поселке есть такие. Жители коттеджей и таунхаусов называют их МКД. Соседи нашли годный подвал и стали собирать туда вещи первой необходимости. Постепенно. Разосланный всем неравнодушным к собственной судьбе список включал тридцать три пункта.

1. Вода в пятилитровых бадьях.
2. Чай в пакетиках.
3. Молоко долгого срока хранения.
4. Средства дезинфекции.
5. Антибиотики.
6. Средства от расстройства желудка.
7. Антигистаминные.
8. Инсулин.
9. Аппараты для измерения давления.

10. Пульсоксиметры.
11. Термометры электронные и спиртовые.
12. Перевязочные материалы, шприцы одноразовые 1-5 мл.
13. Консервы со сроком годности не менее года.
14. Детское питание.
15. Памперсы.
16. Средства личной гигиены.
17. Биотуалеты.
18. Термоодеяла.
19. Коврики туристические фольгированные.
20. Носки.
21. Резиновые сапоги любых размеров.
22. Молотки, топоры.
23. Отвертки, ключи, шурупы, гвозди.
24. Ножницы средние и большие.
25. Скотч.
26. Пищевая пленка.
27. Фольга.
28. Спички.
29. Макароны, крупы, сахар.
30. Кастрюли, ведра, столовые приборы, ножи, тарелки, чашки, одноразовые или из нержавейки.
31. Окопные свечи.
32. Газовые горелки.

Я засомневалась насчет крыльца. Стоит ли закатывать его в стекло, если на дом может упасть снаряд или ракета? Впрочем, даже фрагменты сбитого беспилотника могут уничтожить мое остекленное крыльцо. И широкоформатную плитку. И подвесные качели-диван. Да и нас с детьми они вполне могут уничтожить.

Я настолько устала от пируэтов с лопатой, борьбы с электроэнергией и мыслей о крыльце, что была уже не против такого исхода.

15 737

Выяснилось, что на детей мне полагается пособие —— 15737 рублей, оформлять которое я отправилась в пенсионный фонд России. В очереди подслушала:

— Дочь-то дома почти не бывает. Денег мне оставит, и в Хабаровск на две недели. А то и на месяц. Работа у нее там.

— А ты что?

— А я в ставки на спорт играю. На пенсию разве протянешь. Раньше «Столото» покупала, но там развод сплошной. А в «ставках» можно за раз тридцать тысяч получить! Правда, в последний раз я все деньги спустила. Не повезло.

— А жить на что?

— А я дочь попросила, чтоб еще прислала. Потратила, говорю, все. На массажи.

975

Приехала с детьми в строительный гипермаркет за лиловой краской, артикул девятьсот семьдесят пять. Тон краски — важная штука, когда нужно закрасить загогулины от черного маркера в недавно отремонтированной детской.

Другие, приличные дети, придавленные перфораторами, шуруповертами, кашпо и половичками для входной двери с надписью «welcome home», тихо втыкали в телефоны в тележках.

Мои же, едва оказавшись в магазине, отвергли планшет, вывалились из телеги и пошли крушить стройматериалы. Особенно детей впечатлил отдел «Мир унитазов». Они стали пихать в их фаянсовое нутро разноцветные мочалки и разгромили стенд с говнотерками.

Я все же взяла себя в руки и велела сыну следить за сестрой, пока я буду искать нужную лиловую краску. Сжимая в руках бумажку с артикулом, заглянула и в отдел скобяных изделий, в очередной раз поразившись парадоксальной аксиоме ремонта — несмотря на изобилие товара, никогда ничего ни к чему не подходит.

Мои размышления прервал страшный детский крик. Оказалось, что сын, гарцуя в роли няньки, развлекал дочь тем, что подкидывал в воздух игрушечную собачку. И забросил ее на крышу экспозиционной душевой кабины. На помощь ему бросился консультант. Он был загнал сыном на крышу кабинки — искать плюшевую игрушку. Сын давал указания. Дочь кричала на весь магазин — «соба-а-ака-а-а».

Проходящие мимо тетушки качали головами.

Консультант предложил мне тоже залезть между кабин — посмотреть чертову собаку там.

Я взяла орущую дочь на руки и раскорячилась в кабинах. Сверху сыпалась пыль — эмпатичный консультант копошился на верхотуре в поисках игрушки. Дочь по привычке запустила руки под мою футболку в поисках утешения. Сын притащил откуда-то крестики для плитки и сказал, что хочет их купить — «для опытов».

Раздался телефонный звонок. Это было девяностолетняя бабушка Галя. Не отвечать девяностолетней бабушке Гале нельзя. Я с трудом нажала пальцем на зеленый кружок вызова.

— Леночка, добрый день, — поздоровалась бабушка Галя. — Я волнуюсь. Как у тебя дела в институте?

2, 2, 2

Бабушка Нина и бабушка Галя летом жили на даче вместе. Было шесть вещей, из-за которых они страшно ругались — два кувшина, две стамески и два секатора. То и дело я просыпалась под крики двух бабушек:

— Где моя стамеска? Ее Коля-покойник еще покупал!

— Ты снова взяла мой кувшин! Тебе что, своего мало?

Дело в том, что все эти шесть «яблок», вернее стамесок, кувшинов и секаторов раздора были куплены в ближайшей магазине, посреди которого спали местные мужчины в день зарплаты. Чтобы подойти к прилавку, приходилось обходить смердящие алкоголем тела.

Предметы быта были абсолютно одинаковыми, но бабушкам Нине и Гале была важна принадлежность. Они метили скарб засечками и крестиками, но вскоре забывали, какой и как именно.

Обижались, что я подтрунивала над ними. На самом деле меня смешило слово «сикатор». И что трехлетний брат Вова называл каждую бабушку «старуга». Уходя на фронт, брат Вова сказал, что «старуги» им бы гордились.

3

Все кругом — в шубах-чебурашках.

Первая шуба-чебурашка настигла меня в семь лет. Тогда все покупали впрок. Особенно тревожные москвичи брели домой с ожерельем из туалетной бумаги на шее. Интеллигентная бабушка Нина комментировала это жестко: «Обосрались».

Одним звонким от морозца ноябрьским днем меня поставили перед фактом: «Лена. Мы достали тебе шубу». Пока я раздумывала, как отнестись к этой новости, меня засунули в трамвай и повезли куда-то на Павелецкую. Мерить шубу. Она принадлежала подруге подруги внучки бабушкиной подруги и не подошла.

Подруга подруги внучки бабушкиной подруги жила зажиточно. В гостиной стоял бежевый рояль, из крышки которого торчали хрустальные вазы. Каждую вазу венчала меховая шапка.

Шуба торжественно висела на железных плечиках и была настолько страшной, что, едва увидев ее, я чуть не рухнула в обморок.

И было от чего. Бежевая чебурашка с вставками из тусклого искусственно меха, вероятно, медведя, вложившего все деньги в акции МММ. Я, конечно, закатила истерику. И заявила, что никогда это не надену. Меня увезли, сказав, что подумают. Через неделю прихожу домой. Висит. Два года в ней форсила.

Вторая чебурашка сыграла злую шутку с моей школьной подругой Лизой. В пятом классе уроки физической культуры у нас проходили в бассейне. Мы ездили туда на автобусе. Рядом располагалась Курьяновская станция аэрации. И как-то зимой после плавания мы с подругой Лизой решили туда проникнуть. Посмотреть, как... плавает говно. Ну, это правда интересно, вы б разве не пошли? Дымящуюся от пара станцию окружал забор. Я была в утлом китайском пуховике и змейкой проскользнула в прутья. Подруга Лиза пыхтела рядом в добротной коричневой чебурашке. И застряла. Пришлось сначала вытаскивать ее из шубы, а затем вынимать и саму шубу из забора.

Много лет спустя я оказалась в Греции на шубной фабрике. В вольерах на улице толкали друг друга симпатичные норки, голубые, черные, палевые. Внутри было огромное помещение, которое до самого потолка было завалено меховыми шкурками. Отдельно лежали голубые, отдельно — черные, отдельно — палевые. Экскурсовод сообщила, что на одну шубу уходит примерно шестьдесят норок.

Вернувшись домой, я отделалась от своих натуральных шуб на авито и купила третью чебурашку.

64

Приятельницу Анну всегда грабят на улицах. Подбегают сзади и вырывают из рук сумку. В сумке нет денег, но есть пудра, помада, пробники парфюма, расческа, пакетики корма для котов, мятные леденцы, тампоны, листовки от промоутеров, одноразовые медицинские маски. Телефон и кошелек приятельница Анна, зная, что ее всегда грабят на улицах, носит в кармане. Перед Новым годом от нее пришло сообщение:

— Меня опять ограбили. На улице. Вырвали пакет с батоном за шестьдесят четыре рубля.

406

Злоключениями о безуспешном поиске нестыдной работы на руинах сми я делилась с подругой Ириной. Она оказалась человеком понимающим — несколько месяцев занималась тем же самым. Мы сокрушались о расходах на детские секции, ценах на продукты, низких зарплатах в нашей культурной сфере, неуважении к труду редактора, но, как это обычно бывает, ничего не делали для исправления ситуации.

— Главное, — расстраивалась подруга Ирина, — блядствовать нам уже поздно.

Я вздыхала. Действительно, кому нужны сорокалетние бляди. Не успела я должным образом пережить фрустрацию, оторопев от этого неприятного факта, как в моей жизни появился миллионер Сергей. Он предложил мне переспать с ним за деньги. Я согласилась.

Крыльцо само себя не остеклит.

В назначенный день и час я хладнокровно явилась в люкс помпезного отеля. Миллионер Сергей уже ждал меня в номере четыреста шесть. В окне, между плотных штор с бахромой, текла в бесконечность красная пробочная река. На трюмо миллионер Сергей заранее разложил пятитысячные купюры солидными веерами. Картина напоминала задержание крупного чинуши за взятки — когда сам фигурант дела лежит на полу, сцепив руки за головой, а так и не доставшиеся ему банкноты — на столе.

Ассигнации, очевидно, придавали миллионеру Сергею уверенности в нас. Я сняла платье и осталась в черном боди. Откуда-то в районе промежности на нем образовалась заметная дыра. Я поспешила стянуть и боди.

Пока миллионер Сергей лизал мои соски, покусывал клитор и трахал меня сзади, я посматривала на вульгарное трюмо. Зеркало визуально удваивало количество ассигнаций.

Я ебалась и понимала, что, конечно, полная дура — всю жизнь занималась этим бесплатно.

Где и как только писателю не приходится зарабатывать на жизнь. Меня занесло в телепрограмму о товарах народного потребления. Там я узнала, что есть такие вещи, как струбцины, электрические ланч-боксы, толщиномеры, динамометрические ключи, чернители для шин, чехлы Фарадея, щетки для чистки жалюзи, шаровые опоры, рамки для складывания одежды и многое другое. Одним словом, то, что потребляет народ.

Решила заехать в редакцию — познакомиться с коллегами, где ожидала увидеть выгоревших от всего этого тоскливого барахла редакторов и продюсеров, но встретила весьма бойких особ с горящими от работы глазами.

— Сегодня мы отметили выход двухтысячного сюжета! Пошли, мы покажем тебе наш музей! — предложили они. — Там дико интересно!

Действительно, в музее хранился реквизит со съемок, части от автомобиля для экзекуций, покрышки, инструменты, бытовая техника и еле живой манекен Славик. И все эти струбцины, ключи, ланч-боксы, чернители, чехлы, щетки и рамки. Они существуют!

— А еще у нас есть кухня, где мы тестируем продукты народного потребления на вкус и качество!

Знакомство с кухней, к сожалению, не состоялось. Накануне там проводили эксперименты с консервированной сайрой и забыли на ночь открыть окна.

22:00

Ровно в десять вечера я укладываю детей спать. У нас есть традиция. Перед сном я спрашиваю, какие три классные вещи произошли с ними за день. Дети рассказывают, а потом дело доходит до моих историй. Точнее не доходит — к этому моменту я уже крепко сплю.

30x40

Приятель Александр — художник. Я купила у него великолепную картину. Тридцать на сорок. На ней была изображена статуя, которая выпрыгивала в окно. Рядом на стульчике сидела старушка и дремала. Картина называлась «Спящая смотрительница».

Бывший муж Дмитрий не оценил картину художника Александра. Ему не нравилось, что статуя была обнажена. И вздумала куда-то сбежать. Во время одного из скандалов, которые сопровождали крах наших отношений, он схватил картину и попытался ее уничтожить — разорвать руками. Но картон оказался на удивление крепким — работа сильно помялась, кое-где сломалась, но осталась целой.

Я снова повесила ее на законное место. Покореженная, она даже обрела некий исторический флер. Однако, собирая остатки вещей, бывший муж Дмитрий снова сбил ее со стены и растоптал ногами. Это не первый случай, когда произведения искусства вызывают в людях агрессию. Суфражистка Мэри Ричардсон порезала ножом картину «Венера с зеркалом», когда та была выставлена в Национальной галерее в Лондоне. «Падение Проклятых» Рубенса облили кислотой. На автопортрете Ван Гога вандал вырезал огромную букву «X». А на «Гернике» Пикассо один сумасшедший, вооружившись баллончиком с краской, написал «Kill Lies All».

Мне было лестно, что выбранная мною картина вызывала в человеке такие деструктивные эмоции.

О приключениях удивительной работы художника Александра узнала одна коллекционерка и предложила выкупить ее за сумму, в два раза больше той, что я за нее заплатила. Я поломалась и согласилась. Мне было жаль расставаться с каменным человеком. Но я опасалась, что следующей атаки бывшего мужа Дмитрия он не выдержит. Коллекционерка попросила на прощание написать что-нибудь на изломанном обороте.

Я написала. Что статуя думала было сбежать. От воспоминаний, чувств, ненужных людей, глупых вещей, от любви и нелюбви, от самой себя, от черной тени спящей старухи. Но застряла в оконном проеме. Во время землетрясений стоит вставать в проемы...

Мы — самые беспощадные свои надзиратели.

Я пожелала белому человеку бежать дальше — искусство должно путешествовать.

Я так и чувствую себя где-то между. В проеме.

В переходах, весне и осени, рождении ребенка и угасании старика, в процессе загорания лампочки есть колоссальная энергия созидания и разрушения. Между жизнью и смертью. Эросом и танатосом — в гипносе.

Во сне.

А во сне можно все.

69

Миллионер Сергей оказался тем еще затейником. Он попросил меня купить несколько комплектов белья с разрезами в области сосков и паха, кожаный ошейник и комплект наручников с цепями. Тедди, монокини, кетсьюиты, стрепы и кожаные детали фетиша надо было надевать на себя и присылать ему фото, которые щедро оплачивались. Мне и не жалко! Наоборот, как хорошо — даже из дома выходить не надо.

Мы с детьми уехали на несколько дней отдохнуть к друзьям. Я попросила бывшего мужа Дмитрия присмотреть за животными. Оказалось, что в наше отсутствие он присматривал не столько за котом, шиншиллой и черепахами, сколько за моим бельевым комодом.

Открыв его, я обнаружила, что предметы вожделения миллионера Сергея изрезаны на куски и порваны в клочья.

Я не стала горевать над тем, что и при жизни мало напоминало нечто целое. Дождавшись, когда дома не будет детей, я нашла большую картонку. Разложила ее на полу. Достала гуашь сына. Разделась. Долго выбирала цвет. Красный — страстный. Оранжевый — сексуальный. Фиолетовый — безумный. Я остановилась на бирюзовом. Цвете равнодушия.

Я оставила на картоне отпечатки скул, губ, левой груди, внешней стороны бедра, пальцев ног. Пальцы ног — самая моя эрогенная зона. Дождавшись высыхания фрагментов собственного тела, я сбрызнула их клеем пва и прикрыла кусками кожи и кружева. И замотала коллаж длинными цепями от наручников — они единственные уцелели.

Я дала арт-объекту имя — «69». И убрала в подсобку, ту самую, откуда давно собиралась вынести весь хлам, не глядя.

Я лежала в ванной, наполненной бирюзой. Я была безмятежна.

5 000

Папа подруги Ирины Борис подошел к подруге Ирине и смущенно сказал:

— Ириш. У нас тут на работе на фронт деньги собирают. Давай ты переведешь, а я тебе наличными отдам? — и протянул ей пятитысячную купюру.

Мама подруги Ирины Таисия встала с дивана, воткнула кулаки в бока и произнесла:

— Борис. Я, конечно, не могу запретить тебе жертвовать деньги фронту. Но твоей внучке нужны коньки…

109

На крещение собралась в церковь — набрать святой воды. В сорок лет начинаешь верить в ее чудодейственные свойства. Знакомый профессор Константин Олегович утверждает, что вода запоминает любую информацию, и ее можно заговорить. Проклятьем или молитвой. По сути молитва — это набор кодов. Только не цифр, а слов. И вода, заряженная словами-кодами, исцеляет тело и душу. Профессор Константин Олегович посоветовал принести в дом воду, начиненную молитвами непременно из серебряной купели. «Вот увидишь, она никогда не испортится», — обещал он.

Я надела длинную юбку, накинула на голову аскетичный платок. Взяла в правую руку пятилитровую пустую баклажку из-под шишкиного леса. На ней остался ценник — 109 руб. Взглянула на себя в зеркало. Мелькнула мысль: «Вот я и стала теткой».

В церкви отец Алексий встретил меня радушно и, орудуя красивым черпалом, щедро наполнил голубоватую тару святой водой из купели.

— Приходите вечером на службу с мужем, — пригласил он.

Я сообщила, что мужа у меня больше нет, мы разошлись.

— Почему, — расстроился отец Алексий.

— Я его разлюбила, — призналась я.

— С чего вы взяли, что разлюбили? — спросил он.

Я поняла, что разлюбила бывшего мужа Дмитрия, когда его рука, положенная на меня во сне, стала казаться бетонной плитой.

Но не произнесла этого вслух.

— Легко любить, когда любишь, — вздохнул батюшка. — А ты попробуй любить, когда не любишь.

— Кто это сказал? Христос?

— Нет. Это Камиль сказал. Смотрели фильм «О чем говорят мужчины»? Вот они там в последней части сидят в питерском ресторане на крыше, а Камиль и говорит: «Легко любить, когда любишь. А вот когда не любишь...»

Обсудили с отцом Алексием современное кино. Интересная вышла беседа. Ее прервала женщина в коричневом зипуне. Она случайно опустила в ящик с записками об упокоении записку о здравии. Отец Алексий извинился и побежал разбираться.

Я взяла святую воду и побрела любить дальше.

Людмила Штерн
БРОДСКИЙ: ОСЯ, ИОСИФ, JOSEPH

Людмила Штерн
ДОВЛАТОВ — ДОБРЫЙ МОЙ ПРИЯТЕЛЬ

Юлий Дубов
БОЛЬШАЯ ПАЙКА
Первое полное авторское издание

Юлий Дубов
МЕНЬШЕЕ ЗЛО
Послесловие Дмитрия Быкова

Шаши Мартынова
РЕБЁНКУ ВАСИЛИЮ СНИТСЯ

Shashi Martynova
BASIL THE CHILD DREAMS
Translated by Max Nemtsov

Сергей Давыдов
ПЯТЬ ПЬЕС О СВОБОДЕ

Ася Михеева
ГРАНИЦЫ СРЕД

Илья Бер, Даниил Федкевич, Н.Ч.,
Евгений Бунтман, Павел Солахян, С.Т.
ПРАВДА ЛИ. Послесловие Христо Грозева

Виталий Пуханов
РОДИНА ПРИКАЖЕТ ЕСТЬ ГОВНО

Алексей Шеремет
СЕВКА, РОМКА И ВИТТОР